JASON DARK

Le trésor des druides

*Traduit de l'allemand par
Jeanne-Marie Gaillard-Paquet*

ILLUSTRATIONS DE JEAN-JACQUES VINCENT

*L'édition originale de ce roman a été publiée
sous le titre :*

DER DRUIDEN-SCHATZ

© *Bastei-Verlag, Gustav H. Lübbe GmbH & Co Bergish Gladbach
West Germany, 1984*
© *Hachette, 1986.
79, boulevard Saint-Germain, 75006 Paris.
Tous droits de traduction, de reproduction et d'adaptation
réservés pour tous pays.*

CHAPITRE 1

Au début, le picotement fut très douloureux, puis je compris qu'il s'agissait d'un avertissement. Le temps d'une longue aspiration, je perdis le sens des réalités ; je grimaçai. Ma main droite, celle qui tenait la fourchette, interrompit son mouvement alors qu'elle se trouvait à mi-chemin entre l'assiette et ma bouche entrouverte.

Puis, la douleur s'apaisa progressivement, et je pus enfin m'interroger sur la nature de cet « avertissement ».

J'en situai très précisément la source à l'endroit où ma croix pendait sur ma poitrine. En principe, c'était absurde, car cette croix ne m'avait jamais fait aucun mal ; elle me protégeait, au contraire, pareille à une main puissante qui écartait de moi les dangers. Pourtant, il n'y avait pas de doute ; c'était bien elle qui venait de me causer cette douleur.

Il devait sûrement y avoir une explication.

Je regardai autour de moi. Apparemment, je n'intéressais personne. J'occupais seul une table prévue pour deux, dans une niche légèrement surélevée, et j'étais en train de manger — voilà tout. Je fis un léger mouvement sur le côté pour déboutonner ma chemise et toucher la croix sans qu'on me voie.

Le métal était plus chaud qu'à l'ordinaire et il semblait aussi émettre des vibrations. Je détachai la chaîne de mon cou et posai la croix dans la paume de ma main pour l'examiner plus attentivement.

Elle avait conservé sa forme normale. Je reconnus les signes gravés dans le métal, et les initiales des quatre archanges principaux. Mais il y avait autre chose...

Ma croix avait des reflets verts !

Je restai un moment songeur. En temps ordinaire, elle avait toujours une légère teinte argentée, qui pouvait se transformer en un véritable rayon ardent en période d'activité. Mais cette lueur verdâtre ne me plaisait pas du tout. Sans doute le talisman voulait-il me donner un avertissement.

Je n'eus pas à faire de grands efforts de réflexion ; je connaissais la solution de l'énigme.

La magie des druides !

Je dissimulai la croix dans ma poche en jetant un coup d'œil distrait sur la salade qui commençait à se faner d'ennui dans le plat.

La magie des druides... Qu'en savais-je au juste ? Je songeai à Aibon, ce pays mystérieux disparu depuis longtemps. Ce devait être une sorte de paradis druidique, car tout druide aspirait à parvenir à Aibon un jour ou l'autre.

Je restai assis sur ma chaise. Si je m'efforçais de cacher la croix aux yeux de mes voisins, en revanche, je voulais voir ce qui se passait autour de moi, car j'étais certain que le talisman avait senti ou découvert quelque chose que je n'avais pas encore remarqué.

En cette chaude soirée d'été, j'avais fui mon appartement pour chercher refuge au *City Barbecue*, un restaurant qui venait tout juste d'ouvrir ses portes. Un restaurant pour gourmets, précisaient les placards publicitaires. Quant à moi, je me contentais d'un grand plat de salades variées et d'une bonne bière. Au moment où la croix s'était manifestée, j'avais presque terminé mon repas.

Mais cette histoire m'avait coupé l'appétit, et je repoussai même mon verre.

Les voix des autres consommateurs me parvenaient, au milieu d'un murmure confus, comme si je planais au-dessus du monde réel.

Mon regard glissa à droite, vers la femme vêtue d'une robe rouge vif, et le petit bar d'acajou éclairé par la lumière crue de quelques boules qui pendaient au plafond. C'était là qu'on prenait l'apéritif. Deux barmen servaient les clients. De cette partie du restaurant, la fumée d'innombrables cigarettes envahissait la salle où elle était absorbée par les appareils de climatisation.

La grande pièce était partagée en plusieurs plans de niveaux différents. Des tables rondes ou hexagonales, plus ou moins grandes, occupaient les niches. De ma place, je dominais légèrement le reste de la salle.

Il n'y avait là rien qui parût annoncer un danger quelconque. Les hommes et les femmes, tous habillés de légers vêtements d'été, semblaient uniquement préoccupés par le contenu de leur assiette. Deux jeunes serveuses apportaient les boissons. Elles déambulaient en souriant entre les tables, avec des plateaux encombrants chargés de bières, de cocktails et de long drinks.

En somme, un restaurant aussi banal que possible. Pourtant j'éprouvais un certain malaise.

Je passai la main sur mon front inondé d'une sueur froide. Ma chemise me collait au corps.

J'étais sûr, maintenant, que quelque chose avait changé. Mais quoi ?

C'était quelque chose qui flottait dans l'air. Et j'avais vaguement le sentiment que ce quelque chose me guettait.

Un garçon s'approcha de moi. Avec un sourire, il me demanda si je désirais commander un dessert, et il énuméra plusieurs sortes de glaces qu'il me recommandait toutes.

« Je voudrais l'addition, s'il vous plaît. »

Quelque chose dans mon ton dut lui déplaire, car il me dit aussitôt :

« Monsieur n'est pas satisfait ?

— Si, si, c'était parfait. Je reviendrai. Mais quand il fera un peu plus frais.

— Je vous comprends, monsieur. Cette chaleur est vraiment éprouvante. »

Je réglai, en donnant un bon pourboire. L'homme inclina le buste en signe de reconnaissance, emporta le plat contenant le reste de salade et laissa la bière entamée sur la table.

J'en bus encore une gorgée, les yeux levés par-dessus le bord du verre. Et de nouveau mon regard s'attarda sur le bar. Lors de ma première observation, j'avais enregistré automatiquement les personnes qui s'y trouvaient. C'est une affaire d'habitude. Installé à l'extrémité du comptoir, un homme paraissait examiner toute la salle du restaurant et ses occupants... Il était là, et en même temps il n'était pas là. C'est à peine si on le remarquait, il était insignifiant, il ressemblait à une ombre grise portant un costume gris.

Tout ce gris !

Et soudain, je compris. L'homme en gris, les Hommes en Gris, les gardiens du pays mystérieux d'Aibon, recrutés par les druides pour hanter le monde des humains...

Voilà pourquoi ma croix s'était manifestée !

Je reposai mon verre sur la table d'un geste brutal. A ce moment-là, j'eus l'impression de tenir la solution et me demandai avec curiosité ce que projetait l'Homme en Gris.

Apparemment rien. Il était là, accoudé au bar, buvait sa bière, et son regard ne faisait qu'effleurer les consommateurs. Pas particulièrement moi. Cette impassibilité me surprit. Et ce fut elle qui me fit comprendre qu'en réalité l'Homme en Gris ne s'intéressait qu'à moi. J'avais du mal à imaginer qu'un autre client de ce restaurant, un homme normal, pût être en contact avec Aibon.

Ma décision était prise : dès que l'autre sortirait, je le suivrais.

Mais il ne semblait pas pressé. Trente secondes s'écoulèrent ; je me sentais assez tendu. D'autant plus que je n'aurais pas dû prendre ce repas tout seul, mais en compagnie de Glenda Perkins. Or Glenda était partie en vacances sans crier gare.

Mon ami Pang Lim, l'inspecteur de police de Hong Kong détaché auprès de Scotland Yard avec qui je faisais équipe, n'avait pas voulu me tenir compagnie non plus. En cette chaude nuit estivale, il m'avait préféré sa petite amie. Et les Conally étaient absents. Bref, il avait bien fallu que je me résigne à tuer le temps tout seul.

Mais je ne risquais plus de m'ennuyer.

Je me levai calmement de mon siège.

Le fond du bar était fait de petits miroirs collés les uns aux autres, qui me renvoyaient de moi-même une image déformée.

L'homme du bar n'avait toujours pas fait un geste. Il ne bougea pas davantage quand il me vit me diriger vers la sortie ; simplement, il vida son verre.

Lui aussi avait déjà payé sa consommation. Il s'éloigna du comptoir.

Je réussis enfin à le voir de profil. Un profil banal, que l'on oubliait aussitôt.

Pour gagner la sortie, il me fallait emprunter un couloir où se trouvait également l'escalier qui descendait aux toilettes. Jamais je n'aurais imaginé que l'Homme en Gris prendrait cet escalier ; aussi fus-je surpris de le voir obliquer vers la droite et descendre les marches sans me jeter le moindre coup d'œil.

Tout se passait comme si je n'existais pas pour lui, et cependant j'étais persuadé qu'il était là pour moi, et pour moi seul. Et puis, quelle raison avait-il pour disparaître ainsi dans les profondeurs ?

C'était un escalier en colimaçon. J'attendis que l'homme eût disparu de mon champ de vision pour le suivre, en prenant bien soin de me coller au mur. Je tendis l'oreille, attentif aux moindres rumeurs, et distinguai bientôt le bruit d'une chasse d'eau, puis le claquement de hauts talons sur le sol carrelé. Quelques secondes plus tard, une femme blonde remonta les marches.

Elle me sourit en passant, de ce sourire légèrement crispé qu'arborent les gens qui ont un peu trop bu.

Le bruit de ses talons diminua, puis cessa lorsqu'elle quitta le petit corridor du haut.

Je repris ma descente dans la direction opposée, celle qu'avait empruntée l'Homme en Gris.

Le simple fait qu'il portât un complet par cette canicule suffisait à le trahir déjà. Selon toute vraisemblance, il ne sentait ni la chaleur ni le froid ; toute son attention devait être concentrée sur sa mission.

L'escalier débouchait dans un couloir d'une propreté rigoureuse. Il n'y avait pas de « Dame Pipi » régnant sur les lieux. Les toilettes « Hommes » étaient occupées.

Brusquement, la porte s'ouvrit de l'intérieur. Je ne m'y attendais pas et sursautai. Un gros homme sortit en riant ; il s'épongeait le front avec son mouchoir.

« Quelle chaleur, hein ? dit-il.
— Oui, c'est l'été. »

Il s'éloigna d'une démarche incertaine, en riant toujours. Lui aussi avait un coup dans l'aile.

La voie était libre. J'entrai dans une pièce carrelée qui embaumait les produits désinfectants. Deux lavabos aux reflets bleuâtres occupaient cette espèce de cabinet de toilette. Pour parvenir aux toilettes proprement dites, il fallait pousser un petit portillon à claire-voie. En face de moi, adossé à une cloison, l'Homme en Gris me regardait.

Je m'arrêtai. Son visage était impassible. Pas un muscle ne bougeait sous la peau grisâtre ; il n'y avait pas la moindre lueur dans ses yeux. Cet homme ressemblait à une statue. S'agissait-il vraiment d'un homme ?

D'abord, nous ne dîmes rien, sachant parfaitement qu'une force inconnue nous poussait l'un vers l'autre.

Je parlai le premier.

« D'accord, dis-je. Me voilà. C'est ce que vous vouliez, non ? »

Il se contenta d'approuver d'un signe de tête.

« Que me voulez-vous ? repris-je. Pourquoi avez-vous cherché à me joindre ? »

L'Homme en Gris ouvrit la bouche.

« Je voudrais te mettre en garde, John Sinclair.

— Contre quoi ?

— Contre une affaire que l'on va te confier, mais que tu ne dois pas accepter.

— Je regrette, fis-je avec un sourire, mais je suis au service de la loi, et je ne peux refuser aucune mission dont on me charge.

— Cette fois-ci, tu feras une exception.

— Je ne crois pas. »

L'Homme en Gris haussa les épaules :

« Attention à toi, chasseur de spectres ! dit-il. Tu ferais mieux de suivre mon conseil ou tu devras t'attendre à des représailles de notre part. »

J'essayai de lui faire dire de quel genre de représailles il voulait parler.

« Tu ne le devines pas ? » me répondit-il seulement.

Je le regardai droit dans les yeux ; il me sembla que son teint était encore plus gris dans la lumière crue des toilettes.

« On essaiera de me tuer ?
— C'est possible.
— Je me défendrai.
— Le pourras-tu ? »

Il avait prononcé ces derniers mots avec une telle assurance que je ne pus m'empêcher de frémir. Il avait raison. Que pouvais-je contre sa magie ? Je connaissais les Hommes en Gris ; je les avais déjà affrontés plusieurs fois, mais sans succès jusque-là parce qu'Aibon et son mystérieux pouvoir magique s'étaient toujours révélés plus forts que ma croix.

« Tu n'es pas en bonne posture, John Sinclair, reprit mon étrange interlocuteur. Pas bonne du tout...

— Tu n'es pas le premier à me dire cela.
— Mais cette fois, c'est sérieux.
— On verra bien, dis-je. Tu ne peux pas être un peu plus précis ?
— Non ! répliqua-t-il sèchement. Le moindre renseignement ne ferait que piquer davantage ta curiosité. Je te le répète seulement, John Sinclair ; refuse la prochaine affaire que l'on voudra te confier.

— Comment peux-tu savoir à l'avance ce qu'elle sera ? »

L'Homme en Gris eut un sourire énigmatique, et ne répondit pas.

Au bout d'un moment de silence, il fit une nouvelle tentative.

« Alors, chasseur de spectres, tu as pris une décision ?

— Oui, répondis-je. Je ferai mon devoir.

— Dommage, dit-il avec une pointe de regret qui paraissait sincère. Très dommage, en vérité. Je te croyais plus raisonnable.

— C'est mon boulot.

— Tu aurais dû l'oublier, pour une fois. Maintenant, il est trop tard. »

Visiblement, nous n'avions plus rien à nous dire. Il allait falloir agir. Je pliai légèrement le bras pour pouvoir attraper mon Beretta.

L'Homme en Gris sourit pour distraire mon attention, mais mes yeux ne quittaient pas sa main droite qu'il avait tenue fermée jusque-là et qu'il ouvrait lentement.

Quelque chose de vert brillait entre ses doigts.

Une pierre... La pierre druidique !

Elle était terriblement dangereuse, et je le savais. S'il arrivait à en jouer, rien ne pourrait me sauver — pas même le pouvoir de ma croix.

Je n'avais pas une seconde à perdre.

Avant que l'Homme en Gris ait fini d'ouvrir le poing, je bondis sur lui et le frappai de deux manchettes violentes.

Je l'atteignis des deux côtés du cou, à droite et à gauche, et ressentis sur mes mains la violence du choc. Contre un homme normal, je n'aurais pas eu besoin de tant de force...

L'Homme en Gris secoua la tête. Il n'avait pas perdu conscience ; ces gens-là ne perdent jamais conscience. Il se dressa sur la pointe des pieds et prononça quelques paroles dont le sens m'échappa. A vrai dire, je m'en souciais peu. Je saisis son poignet avec l'intention de lui tordre le bras pour l'obliger à lâcher la pierre. Mais je devais faire très attention à ce que celle-ci ne m'effleure pas, si je ne voulais pas me retrouver à la merci de la magie druidique.

Jusque-là, je n'avais jamais réussi à vaincre un Homme en Gris, mais cette fois-ci mon adversaire s'inclina sous ma poigne.

C'est à ce moment que deux des portes des toilettes s'ouvrirent brutalement. L'une d'elles me heurta dans le dos, me faisant reculer de quelques pas. Les nouveaux venus ressemblaient à mon ennemi comme des frères jumeaux. Ils se précipitèrent sur moi. Je lâchai mon premier adversaire et essayai de reculer, mais je n'en eus pas le temps.

Ce fut comme un raz de marée. L'un d'eux me fit un croc-en-jambe, et tous trois me renversèrent brutalement par terre.

J'eus l'impression de planer ; puis trois visages se penchèrent sur moi.

Des visages impassibles, figés. De nouveau, je ressentis une douleur à la poitrine. Ma croix réagissait par de violentes vibrations ; elle s'efforçait de résister au sortilège de la force druidique — mais en vain, une fois de plus.

Puis ce fut comme si le monde explosait sous mes yeux. Tout ce qui m'entourait prit une teinte verdâtre, et je fus projeté dans un tourbillon d'une violence incroyable, qui m'entraînait inexorablement et contre lequel j'essayai désespérément de lutter.

Puis il y eut le trou.

Et la voix.

« Tu aurais dû m'écouter, au lieu de te défendre, disait-elle. Maintenant, il est trop tard. »

Trop tard... trop tard...

Ces mots résonnaient à mes oreilles comme l'écho du tonnerre, et ils m'accompagnèrent dans les profondeurs de l'oubli.

CHAPITRE 2

Deux hommes marchaient côte à côte. Le vent tombait des montagnes. Un vent calme et paisible, une brise rafraîchissante qui caressait la vallée, entraînant dans sa ronde la lanterne maintenue par une poigne forte, et faisant osciller de-ci de-là la faible lueur.

Un va-et-vient d'ombre et de lumière dansait sur le visage de l'homme qui tenait la lanterne tout en marchant sur le chemin pierreux.

Autour des deux hommes, tout était silencieux. Ils avaient tous les deux à accomplir une mission, cette nuit-là. Une mission pour laquelle ils devaient toucher une grosse somme.

Ces hommes étaient des mercenaires. Tueurs aussi, ou hommes de peine, selon leur tâche du moment.

Cette nuit-là, ils devaient déterrer quelque chose.

L'homme qui leur avait confié ce travail avait parlé d'une caisse très ancienne, qu'ils n'avaient le droit d'ouvrir sous aucun prétexte : ils n'y survivraient pas. Cet avertissement résonnait encore à leurs oreilles, et ils n'avaient pas l'intention de passer outre. L'essentiel, pour eux, c'était le prix de leur travail.

Ils se dirigeaient vers la vieille chapelle. Une chapelle hantée, d'après ce que l'on disait dans la région. Mais les deux hommes n'en croyaient rien ; ils préféraient s'en tenir à la réalité et se fier à leurs armes.

Revolvers, mitraillettes, grenades à main, bazookas, voilà leur arsenal à eux — que ce soit dans les forêts vierges du Sud-Est asiatique ou dans les steppes brûlantes du continent africain.

Partout où ils passaient, ils avaient à se battre.

Même en Europe. Comme cette nuit-là.

Leurs noms ressemblaient à l'écho et à la fumée. Ils en changeaient sans arrêt.

Miller, Berger ou Dupont, selon le lieu et l'heure.

Ce soir, ils s'appelaient Gerald et Jack Voring. D'après leurs prénoms, on pouvait les prendre pour des Anglais. Quant au nom de famille, chacun pouvait l'interpréter à sa guise. En outre, ils se faisaient passer pour des frères, ce qui n'était pas difficile, car ils se ressemblaient effectivement beaucoup.

Tous deux avaient les cheveux noirs, mais les tempes de Jack commençaient à grisonner. En somme, ils réalisaient le type d'hommes qui passent totalement inaperçus, et n'en étaient que plus dangereux.

C'était Gerald qui portait la lampe. Ils n'avaient d'ailleurs emporté ce falot que comme camouflage, pour le cas où ils auraient rencontré quelqu'un — car qui circulerait la nuit sans lumière ?

Le chemin étroit et rocailleux descendait dans la petite dépression où se nichait la chapelle. Un endroit maudit, si l'on en croyait les autochtones.

Les deux hommes n'entendaient que le bruit de leurs pas sur les cailloux. La nuit était obscure, tout en laissant filtrer une teinte étrange, un certain bleu dans lequel glissaient des ombres gris foncé, comme de longs doigts qui s'éparpillaient ensuite dans l'infini du ciel.

Il faisait frais aussi, cette nuit-là, après une journée chaude. Que le sentier monte ou descende, les deux hommes avançaient toujours du même pas, comme des robots. Ils étaient habitués aux longues marches et dans des conditions bien pires.

Il leur arrivait parfois de passer devant une ferme ou quelque maison d'habitation. Mais à cette heure, plus aucune lumière ne brillait derrière les vitres.

Ils reconnurent la chapelle de loin, à son clocher effilé dont la pointe avait été arrachée nul ne savait plus quand, et qui dressait vers le ciel une sorte de gueule béante. La chapelle était depuis longtemps désaffectée et c'est la raison pour laquelle les habitants de la région la croyaient habitée par de mauvais esprits.

Les deux hommes étaient déjà venus plusieurs fois de jour, afin de reconnaître les lieux et de décider quels outils leur seraient nécessaires pour mener à bien leur tâche.

Ils quittèrent le chemin et montèrent une colline en pente douce. Leurs pieds écrasaient l'herbe grasse, qui étouffait le bruit de leurs pas. Seule la lanterne continuait son inlassable mouvement de balancier, comme un feu follet.

Ils ne parlaient pas. Du reste, ils n'étaient pas bavards, ni entre eux, ni avec les étrangers. Mais ils savaient qu'ils pouvaient compter l'un sur l'autre.

De temps en temps, ils jetaient un coup d'œil en arrière, vieille habitude prise dans les jungles du monde entier où l'on peut s'attendre à tout moment à une rencontre désagréable.

Vue de près, la chapelle paraissait beaucoup plus grande. Les murs étaient sombres, à l'exception de la façade exposée à la lumière de la pleine lune.

D'autres que les frères Voring auraient vu un mauvais présage dans cet éclairage inquiétant. Eux, ne pensaient qu'à leur mission et, pour l'accomplir, ils n'avaient pas besoin de pénétrer à l'intérieur de la chapelle. Leurs outils les attendaient, suspendus au mur extérieur.

Ils posèrent la lanterne près de l'endroit où ils devaient creuser.

Une ombre effleura leur tête — l'ombre d'un oiseau nocturne dont les ailes déployées se découpaient au clair de lune.

« On dirait un vampire », observa Gerald d'une voix moqueuse.

Il détacha sa pioche et retourna vers la lanterne.

Gerald eut envie d'allumer une cigarette, mais il y renonça, car la tâche qui les attendait allait exiger toutes leurs forces. Cette caisse, une fois déterrée, ils allaient devoir la transporter. Si elle se révélait trop lourde, ils seraient obligés de la cacher dans la chapelle et de revenir la chercher plus tard avec une voiture.

Tout était prévu. Ils avaient déjà payé leur note d'hôtel, de sorte que leur départ passerait inaperçu.

Jack prit les mesures sur le sol ; c'est à lui qu'avaient été communiqués les détails concernant la cachette.

Onze pas à partir de la façade ouest de la chapelle.

Il s'arrêta et enfonça le fer de sa pioche dans le sol. Puis, sans lâcher le manche, il tourna la tête vers Gerald, et son regard se fixa sur le mur de la chapelle. Une lueur verdâtre passait sur la pierre.

C'était une lueur très pâle, à peine perceptible, mais Jack Voring ne voyait pas d'où elle pouvait provenir.

« Hé ! fit-il à l'adresse de Gerald. Regarde un peu derrière toi. »

L'autre tourna la tête et il aperçut lui aussi la lueur sur le mur. Il fronça les sourcils, puis regarda de nouveau Jack.

« Je ne comprends pas. »

Jack haussa les épaules.

« Peut-être. N'empêche qu'elle est bien là.
— Sûr !
— Donc je ne me suis pas trompé. »

Il frissonna légèrement sous l'effet de la brise fraîche.

Gerald agita la main comme pour chasser une idée gênante.

« Bah ! Sans doute un phénomène naturel. On peut s'attendre à tout ici ! » dit-il avec un rire rauque.

Jack secoua la tête.

« Allez, on ferait mieux de se mettre au travail. C'est exactement ici que nous devons commencer. »

Les deux hommes enlevèrent leurs vestons. Malgré la fraîcheur relative, ils savaient bien qu'ils ne tarderaient pas à avoir trop chaud.

Il leur fallut d'abord délimiter leur champ d'action et s'attaquer à l'herbe qu'ils arrachèrent par plaques. Les bêches pénétraient en biais dans le sol, à intervalles réguliers.

Ils creusaient méthodiquement, en hommes habitués à ce genre de travail. Déterrer, cela n'avait plus de secret pour eux. Surtout quand il s'agissait de tombes.

Ils étaient seuls dans ce coin de campagne balayé par le vent frais de la nuit qui agitait l'herbe d'un mouvement analogue à celui des vaguelettes à la surface d'un étang.

Comme ils ignoraient les dimensions de la caisse qu'ils devaient sortir de la terre, ils ne lésinèrent pas dans les dimensions du trou ; ils lui donnèrent la longueur d'une tombe et le double de sa largeur.

L'arrachage des plaques herbeuses ne leur prit guère de temps, et ils eurent la bonne surprise de tomber très vite sur une terre molle. Ils s'étaient attendus à davantage de résistance.

Mais soudain, les pelles heurtèrent la pierre. Un crissement désagréable les fit grimacer tous deux, et ils cessèrent en même temps de creuser. Jack jura, puis se pencha sur sa pelle ; il entoura de ses deux mains la pierre qu'il venait d'érafler et hocha la tête.

« On n'en viendra pas à bout, dit-il.

— Il faut la dégager.

— Oui, celle-là d'abord, et après, une autre... Nous aurions dû réclamer une prime supplémentaire. »

Insensible aux récriminations de son compagnon, Gerald tournait la tête vers la chapelle.

« La lueur verte est toujours là », dit-il à voix basse.

Jack aussi leva les yeux tout en se frottant le menton, la bouche ouverte. Sa respiration s'accéléra.

« Oui. Elle grandit même.
— Ça ne me plaît pas du tout, constata Gerald.
— Pourquoi ?
— Je pense à toutes ces histoires qu'on raconte. »

Après un bref coup d'œil sur son compagnon, Jack ricana tout bas. Mais lui aussi était plus inquiet qu'il n'aurait voulu en convenir.

« Les histoires... fit-il. Tu y crois, toi ?
— Je ne croyais pas non plus au vaudou. »

Jack haussa les épaules.

« C'est différent, dit-il.
— Pourquoi donc ?
— Quand nous étions en Afrique, nous nous attendions à trébucher sur tout un fatras de spectres. Mais pas ici. C'est cela qui me déconcerte.
— Chaque coin de terre a ses petites histoires, déclara Gerald. Ce n'est pas grave.
— Tout de même, ça ne me plaît pas.
— Allez, on continue. »

Ils se remirent à creuser. Après avoir dégagé environ la moitié de la pierre, ils en aperçurent une deuxième, posée tout contre la première. Ils se regardèrent, sidérés.

« On croirait qu'elles ont été mises là volontairement, observa Gerald.

— Ce n'est pas impossible.
— Tu penses à ceux qui ont enterré la caisse ici ?
— Oui. »

Jack fronça les sourcils.

« Ce serait une belle saloperie. Dis donc, on ne nous avait pas parlé de ça ! On devrait... »

Mais il ne termina pas sa phrase parce qu'il vit Gerald hocher la tête, les yeux fixés sur le mur de la chapelle.

« Ça alors ! murmura-t-il.
— Quoi ?
— Regarde bien. Il y a quelque chose qui ne va pas. Je vois des choses sur ce mur. Des ombres... »

Jack tourna la tête à son tour. Au début, il ne vit rien. Il dut faire un effort d'accommodation avant de distinguer quelque chose de précis.

La lueur verdâtre était devenue plus diffuse, comme si elle s'était éparpillée, déchirée, démembrée, et si l'on regardait bien, on se rendait compte qu'elle était maintenant répartie en formes vaguement cohérentes...

Des formes humaines ?

On l'aurait presque juré — du moins par leurs proportions.

Jack hocha de nouveau la tête.

« Si je n'étais pas convaincu qu'ils n'existent pas, je prendrais bien ces choses-là pour des spectres, dit-il.
— Ne dis pas de bêtises, fit Gerald avec un geste impatient.
— Et de quoi s'agit-il, alors ?
— D'une illusion d'optique, bien sûr.
— Tu ne me feras pas croire ça, Gerald. Je te dis qu'il y a ici quelque chose de pas naturel. »

L'autre était bien d'accord, mais il ne voulait pas le reconnaître.

« Continuons le boulot. Plus vite nous aurons terminé, mieux ça vaudra. »

Jack approuva d'un signe de tête. Il enfonça sa bêche près de la pierre et, d'un geste rageur, jeta une pleine pelletée d'argile sur le tas qui s'élevait déjà derrière lui.

Ils n'eurent pas trop de toutes leurs forces pour soulever la pierre, mais ils finirent par la faire rouler sur le côté. Et lorsque Jack prit sa lampe de poche pour éclairer le fond du trou, ils écarquillèrent les yeux de stupéfaction.

A l'endroit où se trouvait la pierre l'instant d'auparavant, ils découvrirent une vieille grille. Une grille en fer forgé, rongée par la rouille.

« Ils ont pris toutes leurs précautions, ceux-là ! » murmura Jack en se relevant et en grattant la terre qui lui collait aux mains.

Gerald se contenta d'approuver d'un signe de tête. Son regard était de nouveau fixé sur le mur de la chapelle.

Les ombres y étaient toujours ; il eut même l'impression qu'elles s'étaient rassemblées et structurées.

C'était maintenant comme si elles étaient « debout » sur le mur, séparées par des espaces vides. Les mains se touchaient et les silhouettes paraissaient de plus en plus humaines.

« Tu peux dire tout ce que tu veux, Gerald, fit Jack, ce n'est pas naturel.

— Je ne dis rien...

— Si nous partions ?

— Et nos cinq mille livres, qu'est-ce que tu en fais ?

— Je ne tiens pas à mourir pour cinq mille livres », répondit Jack d'une voix oppressée.

D'un geste machinal, il porta la main à sa gorge, comme s'il y sentait déjà le contact d'une lame de couteau invisible.

« Allons, tu exagères, dit Gerald. Nous n'allons tout de même pas nous affoler ! Pense à la jungle, c'était autre chose !

— Ça n'a rien à voir avec ça ! »

Jack releva la tête. Il sentit le vent venu des montagnes rafraîchir son visage inondé de sueur. Mais le vent apportait aussi autre chose que la fraîcheur, cette nuit-là.

Il apportait des voix !

Des bruits mystérieux, des murmures à peine perceptibles. Il fallait vraiment tendre l'oreille pour les entendre, mais Jack comprit ce qu'elles disaient.

« Filez, filez vite loin de ce lieu maudit. Ce qui a été enfoui dans la terre doit y rester. Vous avez troublé la paix. Vous êtes des sacrilèges. C'est le dernier avertissement... »

Puis les voix se turent. Jack était figé sur place, pétrifié, comme s'il avait pris racine.

« Alors ? demanda Gerald qui ne comprenait rien à l'attitude de son ami.

— J'ai entendu des voix. »

Gerald faillit éclater de rire, mais il se retint en voyant que Jack n'avait pas l'air de plaisanter.

« Vraiment ?

— Je les ai entendues, je te dis. C'est un avertissement. Il faut filer d'ici au plus vite. »

Gerald jeta un regard autour de lui et secoua la tête.

« Je ne vois personne, déclara-t-il. Tu dois te tromper.

— C'étaient peut-être des esprits qui parlaient, murmura Jack. En tout cas, c'est l'impression que ça faisait...

— Des esprits ! » répéta Gerald, incrédule.

Il reprit sa pioche et s'attaqua à la deuxième pierre. Il fallait la dégager de la terre pour la sortir du trou à son tour.

Un gémissement l'interrompit net. Il demeura encore plié en deux un instant, puis se releva lentement pour regarder son compagnon.

Jack avait levé le bras... Gerald était certain de n'avoir jamais vu trembler la main de Jack. Même dans les circonstances les plus dramatiques.

Mais cette fois, elle tremblait pour de bon.

Et il comprit vite pourquoi.

Les ombres s'étaient détachées du mur et avançaient sans bruit en direction des deux hommes.

Les deux mercenaires restaient pétrifiés, incapables de faire un geste. Ils se sentaient le cœur vide, sans force et sans volonté. Seule la peur les habitait, une peur qui les vidait de leur substance.

Qui avait jamais vu des ombres se détacher de leur support et évoluer librement dans l'air ?

Gerald tenait toujours sa pioche d'une main ferme. Il était conscient du ridicule de son geste. Espérait-il se servir d'une pioche contre des ombres immatérielles ? Il lâcha l'instrument et mit la main sur la crosse du revolver qu'il portait à la ceinture.

Les ombres planaient maintenant en rangs serrés. Elles avaient pris une teinte verdâtre.

Vert foncé, plutôt.

Ils distinguèrent des têtes, des corps, des bras et des jambes. Plus elles approchaient, plus elles grandissaient. Encore quelques secondes et elles seraient sur eux, les frôleraient et peut-être...

Les deux hommes se tenaient l'un près de l'autre, Jack à quelques centimètres de Gerald, de sorte que les ombres l'atteignirent avant son compagnon.

Le mercenaire éprouva aussitôt une grande sensation de froid.

Ce fut un choc, après la chaleur où l'avait mis le travail. Lorsqu'elles commencèrent à l'envelopper, il eut l'impression que de la glace prenait au plus profond de lui.

L'ombre finit par le recouvrir entièrement.

Horrifié, Gerald regardait son partenaire. Il put ainsi imaginer le sort qui l'attendait.

Jack était toujours debout, le dos courbé, les bras dressés, les doigts écartés. Son visage ressemblait à un masque de clown grimaçant hésitant entre le rire et les larmes.

Mais il ne pleurait pas, et il ne riait pas. Il ne criait pas, non plus, bien que Gerald eût le sentiment qu'il appelait au secours. L'ombre s'était collée à son corps, comme une vaste pèlerine vert foncé, irréelle, qui l'enveloppait entièrement et l'empêchait de faire le moindre mouvement.

Cela dura quelques secondes. Puis, sous les yeux de son compagnon épouvanté, Jack Voring s'effondra. Non pas sur le sol, comme un pantin désarticulé, ce fut bien pis ; il garda la même attitude, jusqu'à ce que ses jambes se dérobent sous lui, que sa tête et son corps cèdent, et que l'homme se désagrège de l'intérieur pour tomber enfin en poussière.

La poussière commença par tenir en l'air pendant quelques secondes, dessinant la silhouette de l'homme, avant de retomber sur le sol, où elle forma un petit tas de sable dérisoire.

Un tas de cendres, de la poussière fine, sans trace d'os ni de sang — voilà tout ce qu'il restait de Jack Voring. Il n'y avait plus trace, même, de ses vêtements ; seul le métal du revolver faisait une tache brillante au milieu de la poussière.

Gerald Voring passa la main sur son front baigné de sueur. Il n'y comprenait rien. Les pensées les plus folles virevoltaient dans son crâne sans qu'il pût en accrocher une seule. Il se demandait aussi ce qu'il allait faire. Inutile en tout cas d'essayer de secourir Jack, ou de résister. Toute sa science au combat ne lui servirait de rien contre une force aussi démoniaque. Il ne lui restait que la fuite.

Gerald fit demi-tour au moment où l'ombre la plus proche arrivait à une longueur de bras de lui, et s'enfuit en courant. Il l'avait échappé belle.

Ce fut une course sauvage, éperdue, désespérée. Des années auparavant, en brousse, il avait dû s'enfuir de la sorte devant une troupe d'indigènes aux visages peints de couleurs hallucinantes. A l'époque, il avait eu peur. Mais pas autant qu'en cet instant où il se savait perdu si une ombre venait seulement à le frôler. Aucune arme ne pouvait être de la moindre utilité contre ces monstres immatériels.

Il escalada la colline à toute allure. Il sentait sur son dos le froid glacial de la peur qui le stimulait, et allongea encore le pas. Il lui arriva de trébucher, mais il se relevait aussitôt.

Il atteignit enfin un sentier étroit. Il se retourna prudemment. De là où il était parvenu, il avait une vue plongeante sur la combe où s'élevait la chapelle.

Les ombres dansaient au-dessus du sol ; elles ressemblaient à des langues de feu. Puis elles traversèrent le rayon de lumière de la lanterne et l'assombrirent.

Gerald aurait sans doute dû poursuivre sa course folle, mais maintenant qu'il était à quelque distance du danger, la curiosité l'emportait. Il voulait savoir.

Les ombres n'étaient pas venues pour tuer ; elles avaient une autre tâche à accomplir.

Gerald Voring les vit de loin, à l'endroit précis où Jack et lui avaient commencé à creuser. Elles s'étaient réunies en cercle autour du trou, masses sombres aux reflets verts, qui lui faisaient penser aux courbes abstraites d'un oscillographe.

Mais il ne pouvait pas distinguer ce qui les occupait ainsi. En revanche, il vit autre chose.

Près de la chapelle, autour de l'endroit où on avait voulu cacher le coffre, la terre remuait. Pourtant il n'y avait personne pour bêcher ou piocher. Ce furent d'abord des fissures, puis de véritables crevasses.

Fasciné, Gerald ne songeait plus à fuir. Une sorte de fumée, ou de vapeur, s'éleva du trou en glissant sans bruit. Nulle part, d'ailleurs, on n'entendait de bruit — pas le moindre frémissement, pas un sifflement. Les vapeurs se dissipèrent et quelque chose d'autre commença à sortir de terre.

Des mains !

Gerald les distinguait très nettement. Des mains aux longs doigts qui remuaient, comme si elles appelaient quelqu'un.

Sûrement pas lui, Gerald, car il s'était couché sur le sol pour mieux observer ce qui se passait dans la petite combe.

Les ombres se détachèrent. Gerald se releva sur les coudes, prêt à reprendre sa course à la moindre alerte. Mais les ombres semblaient l'avoir oublié.

Elles se penchèrent vers les fissures du terrain ; puis elles s'enfoncèrent dans la terre et disparurent, fantômes effrayants qui s'en allaient sans bruit, après avoir semé l'effroi.

Seul témoin de ce spectacle insensé, un homme tremblait, couché sur le sol. Un homme qui avait du mal à retrouver ses esprits et ne comprenait rien à ce qu'il venait pourtant de voir de ses propres yeux.

Des bras et des mains étaient sortis des fissures du terrain et avaient attiré les ombres verdâtres — voilà tout !

Gerald ne put s'empêcher d'éclater de rire. Il savait maintenant pourquoi on leur avait proposé une somme aussi fabuleuse pour un travail qui leur avait d'abord paru si facile.

Cinq mille livres chacun...

Dix mille pour lui — à présent que Jack était mort.

Il tenait en tout cas à présenter la facture à qui de droit. Il fallait que le gars sache ce qu'il restait de Jack Voring.

De la poussière. Un petit tas de poussière qu'il rassembla et enfouit dans un sac en papier.

Et il le verserait sur la table de leur commanditaire.

Quelle serait sa réaction ?

CHAPITRE 3

Il arrivait très rarement à Pang Lim d'être de mauvaise humeur au moment où il entrait dans son bureau, le matin pour prendre son service. Mais ce jour-là faisait exception à la règle : John Sinclair ne l'avait pas emmené avec lui. En soi, ce n'était pas dramatique, mais le fait que le chasseur de spectres ne fût pas non plus chez lui irritait Pang Lim au plus haut point.

Plutôt que de prendre sa Harley pour aller à Scotland Yard, Pang Lim fit le trajet en métro ; il ne mettrait pas plus de temps. Tout en marchant, il réfléchit à ce qu'il allait jeter à la figure de son ami s'il le trouvait déjà au travail.

La porte de l'antichambre était ouverte. Ce ne pouvait être Glenda, puisque la secrétaire était en vacances. John Sinclair sans doute. Pang Lim avança sur la pointe des pieds. Il voulait surprendre son ami. La porte de leur bureau commun était également entrouverte. Il glissa un œil prudent dans la fente et vit un homme installé à la place du chasseur de spectres.

Pang Lim poussa la porte d'un geste brusque, déjà prêt à entrer en lice, mais il se rendit compte à temps que l'occupant n'était pas celui qu'il attendait. Le visiteur matinal était un homme d'un certain âge, dont les épaisses lunettes cachaient des yeux de chouette.

Sir James Powell !

Le chef faisait une vraie tête d'enterrement.

« Enfin, vous voilà ! » se contenta-t-il de dire en guise de salut.

Pang Lim avala sa diatribe, salua et s'arrêta sur le seuil de la porte.

« Approchez-vous, Pang Lim. Et laissez de la place pour Sinclair.

— Inutile, monsieur.

— Vous dites ?

— John Sinclair n'est pas là. »

Le superintendant eut l'air surpris, mais ne le manifesta pas outre mesure.

« Tiens donc ? fit-il simplement.

— Oui, je suis navré. »

Pang Lim gagna son bureau, se laissa tomber sur sa chaise et posa ses mains à plat sur la plaque de verre.

« Il n'était pas chez lui, monsieur. Je suis désolé.
— Où se cache-t-il alors ? »

Sir James ne semblait pas encore avoir compris que Pang Lim n'en savait pas plus que lui.

« Il a disparu, monsieur », fit l'inspecteur en haussant les épaules.

Et il expliqua qu'il avait essayé en vain de joindre le chasseur de spectres par téléphone.

« Personne, monsieur ! Évanoui dans la nature ! »

Sir James prit son mouchoir pour éponger son front ruisselant de sueur.

« Je m'étais bien dit que ça pouvait lui arriver un jour, murmura-t-il. Mais comment... ?
— Je ne sais pas. »

Sir James hocha la tête d'un air accablé.

« Juste au moment où j'ai besoin de lui de toute urgence.
— Une nouvelle affaire, monsieur ? De quoi s'agit-il ?
— Je n'en sais fichtre rien moi-même, grommela le superintendant. J'ai simplement reçu l'ordre de m'en occuper. Un ordre du plus haut niveau...
— Alors, il faudra attendre.
— Impossible. »

L'inspecteur ne put s'empêcher de sursauter.

« Sans John alors, monsieur ?
— Sans lui, oui. Vous ne semblez pas avoir compris ce que je viens de dire, inspecteur. *Du plus haut niveau...* Il n'est pas question de retarder ni de refuser ! »

Le Chinois inclina la tête. Dans un cas comme celui-là, il fallait laisser tomber toutes les autres préoccupations, même les plus importantes.

L'inspecteur serra les poings et regarda le superintendant droit dans les yeux.

Sir James serrait les dents, lui aussi. Il se sentait mal à l'aise, mais il ne pouvait agir autrement. Lui aussi devait obéir aux ordres.

« On n'y peut rien, malheureusement, déclara-t-il. Je suis vraiment désolé. Je vais devoir confier l'affaire à une autre équipe.

— Nous pouvons essayer de retrouver John... hasarda Pang Lim.

— Nous n'en avons pas le temps. »

L'inspecteur se mit à réfléchir à haute voix, pour savoir où son ami avait bien pu passer.

« Hier soir, commença-t-il, il avait l'intention d'aller manger une bricole quelque part.

— Où ?

— Je l'ignore, répondit Pang Lim, mortifié.

— Dans ces conditions...

— Attendez... Il voulait essayer un nouveau restaurant qui avait ouvert quelques jours auparavant. Bien que Londres soit une grande ville, on doit pouvoir le retrouver. Il ne s'ouvre quand même pas des restaurants tous les jours... »

Sir James leva les deux mains pour interrompre le discours de Pang Lim.

« Non, dit-il. Je sais ce que vous avez derrière la tête, mais je ne peux pas donner mon accord. Cette affaire est trop urgente.

— Même une demi-journée ?

— Non, c'est impossible. »

Pang Lim hésita un instant avant de poser la question suivante.

« Je pourrais prendre un congé, monsieur. Après tout, j'y ai droit, et cela me permettrait de...

— Quoi ? hurla le superintendant. Prendre un congé ? C'est impossible, grands dieux, à quoi pensez-vous donc ?

— Je tiens beaucoup à John.

— Moi aussi, que diable ! Néanmoins, nous sommes tenus, vous et moi, d'obéir aux ordres. Bon, disons que je n'ai pas entendu votre question... »

Le téléphone sonna ; ce fut Sir James qui prit la communication. Il écouta un instant son interlocuteur, puis répondit qu'ils s'en occupaient déjà, et raccrocha.

« On nous attend, fit-il.

— Qui ?

— Nous verrons bien. Le chauffeur est en bas. Venez. »

Sir James se leva et Pang Lim le suivit. Il sentit ses genoux qui tremblaient légèrement.

Il avait peur pour John Sinclair.

Bien que la lourde voiture fût équipée d'un climatiseur, Pang Lim était en sueur. Il s'était rarement senti aussi mal à l'aise. Les yeux perdus sur l'agitation des rues, il ne voyait rien, tant il avait l'esprit ailleurs.

Il pensait à John.

Pang Lim était convaincu que son ami avait été enlevé. Mais il fallait un adversaire de taille pour arriver à enlever John Sinclair. Le diable peut-être, qui inventait toujours de nouvelles ruses — mais pour cela il devait se servir de la magie de l'Atlantide.

Ou d'Aibon.

Les pensées de Sir James devaient suivre le même cours que celles de l'inspecteur. Depuis qu'ils s'étaient installés tous deux sur la banquette arrière de la voiture, ils n'avaient pas échangé la moindre parole.

L'inspecteur connaissait le superintendant depuis assez longtemps pour savoir que, derrière l'écorce rugueuse, se cachait un cœur sensible, et que Sir James se faisait autant de souci pour John Sinclair que Pang Lim lui-même.

Mais il ne disait rien.

Ils débouchèrent dans Coman Street, entre la Bank of England et le London Wall, et le chauffeur obliqua tout de suite dans l'entrée d'un immeuble. Cette entrée séparait un bâtiment en deux parties et aboutissait dans une cour où ils s'arrêtèrent.

La cour avait été transformée en parking. Les voitures garées à cet endroit appartenaient à la classe la plus haute de la société.

Sir James avait l'air pressé de se réfugier dans le grand hall frais, où l'air conditionné maintenait une température supportable.

Le portier sortit de sa loge, salua les nouveaux venus avec une raideur toute militaire et s'enquit de leurs noms.

A peine Sir James eut-il décliné le sien que l'homme rentra dans sa loge et redoubla d'empressement. Il invita ses visiteurs à prendre place dans des fauteuils en les assurant qu'ils n'attendraient pas plus de deux minutes.

Pang Lim et Sir James s'assirent.

« Vous n'avez pas changé d'avis ? demanda l'inspecteur.

— Non, bien sûr. »

L'inspecteur jeta un regard autour de lui. Il ignorait totalement où il se trouvait, jusqu'au moment où il découvrit quelques lettres brillantes sur fond de marbre.

AARON STEEL INCORPORATED

C'était court, mais suffisant. L'inspecteur connaissait ce nom, Steel. C'était celui d'un des plus grands patrons anglais. Il faisait le commerce d'acier, et vendait aussi des objets manufacturés — dont certains ressemblaient fort à des armes. Avec autorisation officielle, s'entend. Néanmoins, personne, à part lui, ne savait à quel genre d'affaires il se livrait encore. Une chose, en tout cas, était certaine, il exerçait une influence considérable sur les niveaux les plus élevés du gouvernement. La réaction de Sir James en avait appris plus long à Pang Lim sur ce sujet que tout un discours.

Il faisait vraiment frais dans ce hall, grâce aux appareils de climatisation, au marbre qui recouvrait les murs et renvoyait la fraîcheur. La porte de l'un des ascenseurs s'ouvrit soudain et une femme aux cheveux noirs, vêtue d'un ensemble blanc comme neige, sortit, regarda autour d'elle et arbora un grand sourire en découvrant les deux hommes.

« Sir James, je suppose... ?
— Oui.
— M. Steel vous attend. »

La dame n'accorda même pas un regard à Pang Lim.

Les deux hommes se levèrent et prirent l'ascenseur qui les déposa au quatrième étage. La femme qui les accompagnait répandait un parfum agréable. Elle continua à sourire dans le couloir dans lequel elle entraîna ses visiteurs et qui semblait aussi stérile qu'un couloir d'hôpital. Finalement, ils arrivèrent devant le bureau du maître des lieux.

Les portes étaient en bois précieux et sans doute soigneusement matelassées, car aucun bruit ne filtrait. Une porte s'ouvrit dans le fond du couloir ; la femme brune fit entrer ses visiteurs dans une vaste pièce, qui n'était encore qu'un petit cabinet attenant au bureau de l'industriel.

Là aussi, marbre, acier, chromes et cuir noir sentaient le neuf.

« Monsieur Steel, je vous présente Sir James et son assistant, dit la secrétaire.

— Merci, Iris, je me chargerai du reste. »

Ils avaient entendu la voix de l'homme, mais celui-ci restait invisible, du moins au premier coup d'œil. Pang Lim et Sir James durent faire un effort pour le découvrir, assis derrière une imposante table de travail. Il se leva pour les accueillir. M. Steel n'était guère plus haut que sa table.

Le puissant Aaron Steel était un nain. Et même, un nain affublé d'une bosse dans le dos. Et quand il fit le tour du bureau pour aller serrer la main de ses visiteurs, ceux-ci se rendirent compte qu'il boitait.

Steel portait un complet gris anthracite et une cravate sombre ; seule la chemise blanche éclairait l'ensemble. Il ne devait pas sortir souvent — d'où son teint blafard. Son visage se durcit, sa bouche se réduisit à un trait fin et il plissa les yeux pour mieux observer les deux représentants de Scotland Yard.

« Bonjour, Sir James », dit-il en tendant la main au superintendant.

Il dut relever la tête, bien que Sir James ne fût pas précisément un géant.

La poignée de main dura un peu plus longtemps qu'il n'était habituel. Selon toute apparence, les deux hommes se connaissaient déjà. Pour Pang Lim,

M. Steel n'eut qu'un regard rapide. Il omit de le saluer et se contenta de demander, sur un ton presque provocant :

« C'est là votre meilleur homme ?
— Oui.
— Je ne savais pas qu'il était chinois... »

Pang Lim sentit son poil se hérisser. Ce type lui fit l'effet d'être le dernier survivant des débuts du capitalisme. Il ne devait pas être spécialement agréable de travailler avec lui.

« Je n'ai rien contre les étrangers d'ailleurs, reprit-il. Ni contre les gens de couleur. Ce sont de bons ouvriers.

— Je pense qu'il serait préférable d'abandonner la sociopolitique pour passer directement au sujet qui vous préoccupe, proposa Sir James avec un sourire.

— Bien sûr. Asseyez-vous, messieurs, dit Steel en indiquant du bras les fauteuils de cuir noir. Que puis-je vous offrir ? »

Sir James déclina l'invitation. Quant à Pang Lim, il ne voulait rien devoir à cet homme. D'autant moins qu'à cause de lui, il était obligé de remettre à plus tard ses démarches pour retrouver son ami John Sinclair.

« Comme vous voudrez », fit Aaron Steel en s'asseyant à son tour.

Il disparaissait presque dans cette masse de cuir noir. Sa tête émergeait de son col comme le crâne d'un vautour malade. Un coffret en argent était posé sur la table basse. Steel souleva le couvercle et prit une cigarette qu'il alluma. La fumée sentait le tabac d'Orient.

« J'ai sollicité votre aide, commença l'industriel, parce qu'il s'agit ici d'une affaire particulière, qui n'est pas de la compétence normale de la police. De plus, j'ai entendu parler d'un homme nommé John Sinclair, qui aurait à son actif des réussites spectaculaires.

— Un instant, l'interrompit Sir James. afin que tout soit clair entre nous, je dois préciser que l'homme qui m'accompagne est l'inspecteur Pang Lim.

— Et Sinclair, alors ? Pourquoi n'est-il pas venu ?
— Il a eu un empêchement, déclara Pang Lim.
— Je ne vous ai rien demandé, à vous...
— Si vous tenez à maintenir la conversation sur ce ton, intervint encore Sir James, courtoisement mais fermement, nous nous verrons au regret de partir. Vous pourrez alors faire et dire ce que bon vous semblera... »

L'industriel eut un geste agacé de la main, puis il écrasa sa cigarette dans un cendrier de cristal, avant de reprendre :

« Pour que vous compreniez bien toute l'affaire, il faut que je vous explique complètement certaines choses. Vous savez comment j'ai établi ma fortune ?

— Oui, dit Sir James.
— Je suis dans les affaires, continua Steel avec un sourire glacial. Et je peux affirmer que, au cours de ces trente dernières années, j'ai réussi à atteindre le sommet de la pyramide. »

« Sur le dos des autres », se dit Pang Lim.

« Il arrive un jour, dans la vie d'un homme, poursuivit Steel, où il peut s'acheter tout ce qu'il désire. Et pourtant, il en veut toujours davantage, parce qu'il a atteint un âge où l'on ne change plus, et parce qu'il n'a pas envie de lâcher les rênes. Il se demande alors ce qu'il va devenir. Moi aussi, je me suis posé cette question. Et j'en suis venu à me dire qu'il y avait encore sur cette terre tant de choses à découvrir ou à redécouvrir, qu'il y faudrait plus d'une vie humaine. A soixante ans, j'ai déjà accompli la plus grande partie de mon trajet, c'est pourquoi je ne dois plus m'occuper maintenant que de l'essentiel. Il y a quelques mois, j'ai lu un article qui traitait de magie ancienne... C'est un sujet qui fait rire la plupart des gens et qui est d'ailleurs bien négligé. Mais moi, cette question me fascine. Et pour une raison très simple, c'est que cette magie avait pour cadre l'endroit même où nous nous trouvons. Qu'il me suffise de prononcer ce seul mot : les druides ! »

Sir James et Pang Lim ne purent dissimuler leur surprise, car ils étaient loin de s'attendre à un tel discours. Pour Pang Lim, un homme comme Aaron Steel ne pouvait rechercher que le contact avec le diable et non pas avec la magie druidique, tombée dans l'oubli depuis des éternités.

« Poursuivez », dit Sir James.

L'industriel se laissa aller contre le dossier de son fauteuil.

« Si j'ai jamais eu une existence antérieure, reprit-il, ce doit être en tant que druide. Rien ne m'a autant fasciné que leur histoire. Mais j'ai toujours achoppé sur une notion difficile. Je veux parler d'Aibon. »

Jusque-là, Pang Lim était resté impassible sur son siège. Mais il sursauta en entendant ce nom qui lui avait déjà traversé l'esprit, tout à l'heure, dans la voiture. Il ne savait pas grand-chose sur Aibon ; mais il savait que ce pays existait.

L'industriel avait surpris la réaction de Pang Lim.

« Cette notion ne vous est pas inconnue, il me semble, inspecteur ?

— En effet.

— Qu'en pensez-vous ? »

Pang Lim hocha la tête.

« Je ne sais pas, monsieur Steel. Mais... poursuivez votre récit.

— Oui, bien sûr. Donc, j'ai lu différentes choses sur Aibon. Peu de chose en fait, mais assez pour savoir que ce pays a joué un rôle important dans le royaume des druides. Et je voulais trouver le moyen d'en apprendre davantage sur Aibon. Vous n'avez pas idée de l'intensité de mes recherches. Je me suis procuré des livres, je les ai étudiés, j'ai discuté avec des historiens et des mystiques, mais rien ni personne n'a pu me renseigner, jusqu'au jour où, enfin, j'ai fait une découverte. Une découverte qui n'avait pas de rapport direct avec Aibon, mais qui, néanmoins, était très importante pour moi, car elle pouvait peut-être me permettre de comprendre cette notion d'Aibon.

— Et... sous quelle forme ? demanda Sir James.

— C'est difficile à dire. Il s'agissait d'un plan. Un plan indiquant l'emplacement d'un trésor qui avait dû être enterré il y a très longtemps. Où ? Je l'ignorais. Le plan ne donnait pas de précisions, mais j'ai tout mis en œuvre, mes relations et mes ingénieurs, pour le déchiffrer. J'ai fait mettre ce plan sur ordinateur. Et j'ai fini par obtenir un résultat. Un résultat que je n'escomptais plus... J'ai découvert l'endroit précis où je devais chercher le trésor et où je pouvais le trouver.

— Où cela ? »

L'homme eut un petit rire sec.

« En Irlande... Mais je ne vous en dirai pas davantage pour l'instant, car l'histoire n'est pas encore terminée. » Il toussota pour s'éclaircir la gorge. « Lorsque j'ai pu localiser le trésor, je me suis mis à la recherche d'hommes susceptibles de le déterrer. Je les ai trouvés. De vrais professionnels. Je leur ai offert une grosse somme — la moitié d'avance — cinq mille livres. Ils sont donc partis pour l'Irlande... Cela se passait il y a quelques jours. Mais un seul d'entre eux est revenu à Londres.

— Comment cela ? demanda Pang Lim. L'autre a été tué ?

— Tué... oui, en quelque sorte, il a été tué. »

Aaron Steel se pencha et tendit la main vers un petit vase de terre cuite posé sur la table, à côté des cendriers.

Un vase avec un couvercle, qui ressemblait à une petite urne.

Steel le prit en main. Sir James et Pang Lim virent le sourire glacial qui tordait la bouche de l'industriel tandis qu'il soulevait le couvercle.

D'un mouvement preste, il renversa le vase.

Un petit tas de poussière d'un gris verdâtre tomba sur la table.

« Ce que vous voyez là, messieurs, c'est tout ce qu'il reste d'un certain Jack Voring... » déclara-t-il froidement.

Pang Lim et Sir James contemplèrent un instant le petit tas sur la table, sans chercher à dissimuler leur effroi.

Des cendres...

Il leur était difficile d'imaginer que ces quelques grammes de cendres fines avaient été un homme en chair et en os. De plus, ces cendres n'étaient pas « naturelles », comme Pang Lim s'en rendit compte aussitôt, car il avait déjà vu les cendres d'un mort. Elles sont d'un gris clair, et ne présentent jamais de reflet verdâtre, ce reflet n'était donc sûrement pas le fait du hasard ; il devait avoir une raison — et une explication.

« Alors ? demanda Aaron Steel en laissant de nouveau entendre son petit rire sec. Acceptez-vous de vous charger de cette affaire ? »

Comme Sir James se taisait, Pang Lim se crut obligé de répondre à sa place.

« Je ne sais pas, dit-il. Si votre récit est exact, cet homme a été incinéré. Mais je ne vois pas pour quelle raison nous interviendrions. »

Le visage blafard de l'industriel se colora par plaques, comme il arrive sous l'effet d'une vive colère.

« Comment cela ? tonna-t-il. Vous auriez dû voir comment cet homme est mort !

— Vous y étiez ? » demanda Sir James.

Le ton de sa voix suffisait à montrer qu'il était du côté de Pang Lim.

Steel secoua la tête.

« Non, bien sûr, mais j'ai un témoin. Attendez un instant, je vous prie, et vous pourrez entendre de sa bouche le récit de ces faits inexplicables. »

Il avait dû appuyer sur un bouton invisible, car presque aussitôt la porte de l'antichambre s'ouvrit. Cette fois, ce ne fut pas la dame en blanc qui se présenta sur le seuil, mais un homme aux cheveux noirs et à la peau basanée, vêtu d'un blouson de cuir — le type même du baroudeur.

« Approchez-vous, Voring », dit Steel tandis que la porte se refermait automatiquement derrière l'homme.

Voring s'avança à pas lents, les yeux fixés sur le petit tas de cendres.

« Ces messieurs ne veulent pas croire que ceci est tout ce qu'il reste de votre équipier. Racontez-leur vous-même. »

Voring regarda d'abord Sir James, puis Pang Lim. Un sourire vaguement méprisant tendit les commissures de ses lèvres.

« Voulez-vous avoir la bonté de nous raconter cette histoire, telle qu'elle s'est déroulée ? demanda Sir James.

— Ma foi ! »

Voring s'assit sur le bord d'une chaise et alluma une cigarette. Puis il commença son récit. Il s'efforçait de parler de façon froide et détachée, aussi objective que possible, mais Pang Lim et Sir James se rendirent vite compte que l'homme était toujours sous le choc. Derrière ses mots, on sentait un frémissement contenu. Son histoire était tellement incroyable qu'elle ne pouvait qu'être vraie.

En tout cas, elle fascina ses auditeurs.

Dès que Voring se tut, Steel demanda :

« Alors, vous êtes toujours d'avis que cette affaire n'a aucun rapport avec le trésor des druides ?

— Non, répondit Sir James brièvement.

— Et vous ? demanda Steel à Pang Lim.

— Je vais m'en occuper », répondit l'inspecteur.

L'industriel sourit.

« C'est exactement ce que j'attendais de vous. Et vous raconterez tout à John Sinclair.

— S'il reparaît, oui.

— Que voulez-vous dire ? A-t-il disparu ?

— Malheureusement oui, mais c'est *notre* problème. De toute façon, nous allons nous occuper de cette affaire de magie et de druides. Pour commencer, il nous faut une description précise de l'endroit où tout cela est arrivé. »

Mais Aaron Steel avait encore quelque chose à dire.

« Vous n'imaginez tout de même pas, Sir James, que votre homme pourra y aller seul.
— Pourquoi pas ?
— Vous croyez qu'il pourrait réussir ? J'ai loué une auberge, et c'est là que j'établirai mon quartier général, avec ma secrétaire et mes gens. »

Ce programme ne convenait guère à Sir James, qui resta un moment silencieux.

« Pour quoi faire ? demanda-t-il enfin.
— Je veux voir ce Chinois à l'œuvre. Et personne ne peut m'empêcher d'aller où je veux !
— Certes, approuva Sir James impassible. Mais j'espère que vous êtes conscient des dangers auxquels vous vous exposerez !
— Croyez-vous que j'occuperais le poste qui est le mien si je n'aimais pas le danger, Sir James ? Mes concurrents sont tout ce que vous voulez, sauf des poules mouillées — et je ne crois pas en être une non plus, si vous voyez ce que je veux dire.
— Parfaitement.
— Donc, c'est entendu. Nous nous reverrons en Irlande. Vous recevrez tout ce dont vous avez besoin des mains de ma secrétaire. Je vous remercie de votre visite, messieurs. »

Sir James et Pang Lim prirent congé.

Dès qu'elle les vit, la secrétaire se leva de son siège. Elle avait préparé un dossier complet ; les informations particulières avaient été rassemblées dans une chemise de plastique. Pang Lim s'en saisit, et les deux hommes se dirigèrent vers l'ascenseur.

Sir James semblait pressé. Il suffisait à Pang Lim de le regarder pour comprendre que cette visite n'avait pas été du goût du superintendant.

Dans la cour de l'immeuble, le chauffeur attendait, debout près de la portière arrière grande ouverte. Les deux hommes montèrent. Une vitre étanche aux bruits séparait les sièges avant des sièges arrière.

Sir James attendit pour parler qu'ils aient passé le portail. Son front était strié de rides profondes, signe d'un orage imminent ; le superintendant avait dû retenir une colère bouillonnante.

« Il s'agit sûrement d'Aibon, grogna-t-il.
— Oui, monsieur.
— Donc, cette affaire nous intéresse. Mais nous aurons de l'aide, d'après ce que je viens d'entendre. Aussi avons-nous un peu de temps devant nous. »

Pang Lim sourit intérieurement. Il devinait ce qui allait suivre mais posa néanmoins la question.

« Que voulez-vous dire, monsieur ?
— Je pense à John.
— Moi aussi.
— Vous aviez une idée avant cette visite, vous vous souvenez ? Cette histoire de restaurant. Il faudrait en effet prendre le temps de rechercher les adresses de toutes les boîtes qui se sont ouvertes ces derniers temps, vous ne croyez pas ? »

L'inspecteur éclata de rire.

« C'est exactement mon avis, monsieur. »

CHAPITRE 4

Suis-je mort ?

Non, sûrement pas. Je reviens d'un étrange voyage qui prend fin, voilà tout. Mais où a-t-il pris fin ? Dans cette obscurité où je me trouve ?

Mon cerveau travaillait normalement et tous mes membres fonctionnaient. Je remuai les bras, les jambes, les doigts — tout avait l'air en bon état. Les choses auraient été parfaites si j'avais eu de la lumière.

Toute cette obscurité me sapait le moral.

La magie druidique m'avait surpris. J'avais été enlevé, sans savoir pourquoi. Pourquoi ne m'avait-on pas tué, tout simplement ? Ç'aurait été facile. Mais non. On s'était emparé de moi et on m'avait jeté dans un coin sombre.

Était-ce cela, le monde des druides ?

Je pensais à Aibon. J'avais déjà eu l'occasion de jeter un coup d'œil sur ce paradis vert. C'était en quelque sorte la « Terre promise » des druides. Il ne se trouvait nulle part, mais existait tout de même. J'avais naguère essayé de le décrire avec plus de précision, et c'est alors que la notion de « paradis » m'était venue spontanément à l'esprit. Le paradis des druides. Le monde des druides — celui de leur origine, celui où ils étaient nés et où ils mouraient.

Voilà ce qu'était Aibon.

Aibon n'était pas destiné aux hommes. Pour eux, ce pays n'était qu'une impasse, ou un lieu sans retour. Du moins d'après ce que j'avais pu comprendre.

Est-ce que je me trouvais en Aibon ?

Quoi qu'il en soit, il fallait que j'essaie de sortir de cette obscurité.

Je partis à tâtons à la découverte de moi-même. Mon Beretta, ma croix... Tout était là — même ma craie magique. Personne n'avait pensé à me confisquer mon précieux matériel.

J'avais donc la possibilité de me défendre ; sans doute serais-je même obligé de le faire. Je tapai du pied sur un sol à la fois mou et dur : dur en profondeur, mou en surface. De l'herbe, peut-être. Ou plutôt, me sembla-t-il, de la mousse.

On m'avait aussi laissé ma lampe de poche. Mais c'est en vain que j'essayai de l'allumer : elle ne donnait pas de lumière. Or, j'avais changé la pile la veille. En fait, la petite ampoule brillait, mais sa lumière était aussitôt engloutie par l'obscurité.

Le mystère tenait donc au lieu même où je me trouvais.

Je fis quelques pas ; le sol mou s'enfonçait sous mes pieds, j'avais l'impression de marcher sur un tapis épais.

Les bras toujours tendus devant moi, j'avançai dans l'obscurité, m'attendant à heurter quelque obstacle. Mais je pus continuer à marcher. Cette obscurité absolue devenait une prison contre laquelle je ne pouvais rien tenter.

J'essayai de me rappeler mes derniers instants dans le monde normal, et je revis les toilettes du restaurant où les Hommes en Gris, gardiens d'Aibon, m'avaient assailli.

En repensant à cette attaque brutale et à mon incapacité totale à me défendre, je ne pus m'empêcher de frissonner. Même ma croix n'avait pas réussi à chasser mes ennemis.

Mais pourquoi ne m'avaient-ils pas tué ? Au lieu de me supprimer purement et simplement, on m'avait conseillé de ne pas m'occuper d'une certaine affaire...

Je ne comprenais pas.

Voulait-on me plonger dans cette prison obscure pour l'éternité ? Ce n'était pas impossible, car je savais que personne ne revenait d'Aibon. Mis à part, peut-être, les druides eux-mêmes...

Les bras toujours tendus, je continuai à avancer. Rien ne m'arrêtait jamais. J'agitais les doigts en tâtonnant dans le noir comme si je voulais m'agripper à quelque chose — à n'importe quoi. Mais il n'y avait jamais rien.

J'avais l'impression à la fois de planer et d'être enterré vivant.

Nombreuses étaient les énigmes d'Aibon. Et je ne me sentais vraiment pas capable de les résoudre tout seul.

Ce n'était pas l'Atlantide, le continent englouti. On ne pouvait pas comparer les deux pays. Et il ne fallait pas oublier non plus qu'Aibon possédait le secret du Saint-Graal — dont j'ignorais presque tout.

Qu'était-ce que le Graal ? Une coupe contenant le sang du Christ. C'est du moins ce que racontait la légende. Mais il était déjà très audacieux d'établir un rapport entre ceci et Aibon... Je me heurtai là aux fondements mêmes de l'Être.

J'eus comme un frisson dans le dos. De peur ou de vénération ?

Puis tout changea soudain. Je perçus un chuchotement dans l'obscurité, dont il m'était impossible de préciser la provenance. La voix était là, je l'entendais ; c'était une voix féminine.

« Bonjour, John Sinclair ! »

Aussitôt, j'arrêtai de marcher. Cette voix était-elle proche ou lointaine ? Impossible de le dire, car, dans l'obscurité, les bruits ont un timbre différent.

« Qui es-tu ? demandai-je à mon tour.
— Tu ne me reconnais plus ?
— Non.
— Je suis celle qui t'a sauvé la vie », déclara alors l'inconnue.

Bien que surpris, je répondis seulement :

« Je te remercie, mais je ne sais pas encore à qui j'ai l'honneur de parler.

— Souviens-toi...

— De quoi ?

— Tu m'as déjà oubliée, John ? Ce serait une preuve de grande ingratitude de ta part. Fais un effort. »

Je l'entendais respirer. Elle ne devait pas être loin de moi.

« Pense à Londres. Aux horribles visions de l'Apocalypse. A ton voyage dans le chaos, lorsque la peur régnait sur la cité.

— Miriam di Carlo !

— Allons, John, je vois que tu ne m'as pas oubliée tout à fait ! »

J'étouffai un éclat de rire.

« Comment pourrais-je oublier celle qui fut pour moi l'unique pont avec le pays mystérieux d'Aibon, et qui est elle-même partie intégrante de ce pays ! Alors, on t'a envoyée pour m'attendre ?

— Entre autres choses, John, chuchota-t-elle. Entre autres choses... Je t'ai sauvé la vie, en effet, car mes amis voulaient te supprimer. Ils étaient comme fous ; ils ne comprenaient pas que tu t'opposes à leur volonté.

— Me suis-je vraiment opposé à leur volonté ?

— A leurs yeux, oui.

— Mais pas aux miens. J'ignorais ce dont il s'agissait. On ne m'avait rien dit ; on m'avait seulement conseillé de ne pas m'occuper d'une affaire, sans me dire laquelle.

— Tu aurais dû t'incliner ! »

Je ne pus m'empêcher de rire.

« Tu sais bien que non, toi qui me connais ! Toi qui as vécu longtemps dans le monde normal. A moins que je ne me trompe...

— Non, tu ne te trompes pas. Mais il vaut mieux oublier les circonstances dans lesquelles nous avons fait connaissance. Les heures périlleuses que nous avons vécues ensemble nous ont soudés l'un à l'autre. C'est alors que le médium que j'étais a reçu l'Appel. Mon sang a répondu à cet Appel, ce n'était pas un sang humain normal : dans mes veines coulait le principe de vie des druides. J'ai obéi à l'Appel et je suis retournée au pays qui avait été ma patrie jadis. Pour cela, j'ai dû renoncer à bien des choses... et notamment à toi, John Sinclair ! Mais même en Aibon, ce lien qui nous unit ne s'est pas déchiré. Et je viens de le prouver en te sauvant la vie.

— Pourquoi l'as-tu fait ?

— Les Hommes en Gris voulaient te tuer. Ils ne comprennent pas que l'on ne s'incline pas devant leurs volontés. Ils t'auraient emporté en Aibon et tu serais devenu un des membres du chœur des esprits-druides et resté leur esclave pour l'éternité. C'est dur, mais c'est ainsi. »

Miriam avait raison. Aibon était un pays dangereux. Aibon supprimait ses ennemis. Aibon pouvait être à la fois le paradis et l'enfer. Et pourtant, je n'avais pas conscience d'avoir commis la moindre faute. C'est ce que je répétai à Miriam di Carlo.

« Tant mieux pour toi ! répondit-elle seulement.

— Mais je veux savoir ! Comme tu parais bien informée, tu peux peut-être m'expliquer. Pourquoi aurais-je dû refuser cette affaire ?

— Parce que je ne voulais pas que tu meures !

— Mais enfin, pourquoi voulait-on me tuer ?

— Tous ceux qui s'occupent de cette chose seront supprimés, John. Voilà ce que prescrivent les lois les plus anciennes du pays.

— Mais quelle *chose*, Miriam ? Quelle est cette affaire que je devais refuser ?

— Il s'agit du trésor des druides ! »

Je me tus, l'esprit vide. Jamais encore, je n'avais entendu parler du trésor des druides. J'avais beau réfléchir, cette expression n'éveillait pas le moindre souvenir dans ma mémoire.

« Je regrette, fis-je, mais je ne suis pas au courant.

— C'est bien ce que je pensais. Le trésor des druides, c'est quelque chose d'extraordinaire. On dit qu'il détient la clef du mystère d'Aibon. Il est enfoui quelque part, au sein de votre monde à vous, les hommes. Du moins, il l'était. Mais quelqu'un est venu, qui s'est mis en tête de déterrer ce trésor. Rien ne l'arrête. Il se moque des lois anciennes et n'a pas idée des dangers auxquels il s'expose.

— Qui est cet homme ?

— Steel. Aaron Steel.

— Connais pas, fis-je.

— Tu n'aurais fait sa connaissance qu'au moment où tu aurais accepté de te charger de l'affaire. Mais maintenant, tu ne risques plus rien. En outre, Steel est marqué du signe de la mort. Et d'autres puissances l'anéantiront, lui et ses auxiliaires.

— J'ai vraiment l'impression d'avoir eu de la chance, une fois de plus, déclarai-je.

— C'est selon... »

Je voulais en savoir davantage sur ce mystérieux trésor. Aussi posai-je encore quelques questions à Miriam di Carlo.

« Il provient d'une ancienne forteresse druidique qui fut érigée quelque temps après le début de l'ère chrétienne, m'expliqua-t-elle. Les pierres précieuses et les perles appartenaient à une prêtresse, qui fut aussi la première reine des druides. Elle s'appelait Chiléa. Elle régna en souveraine, accrut sa puissance, et, sous sa domination, le peuple s'enrichit. Mais elle avait des ennemis — d'autres druides puissants qui essayèrent de la renverser. Cette rivalité impitoyable entraîna de durs combats, et Chiléa fut vaincue. Les druides la firent prisonnière. Ils connaissaient l'amour insensé qu'elle portait à ses joyaux. Aussi lui réservèrent-ils une fin cruelle. Ils l'enfermèrent dans un coffre avec ses bijoux, et enterrèrent le coffre profondément dans la terre. Mais Chiléa ne voulait pas mourir. Elle cria, elle supplia, elle abjura tout. Enfin, devant l'inutilité de ses efforts elle commença à lancer des malédictions et à proférer des imprécations d'une telle horreur que les druides prirent peur. Ils finirent par se rendre compte qu'ils avaient, pour ainsi dire, lâché un renard dans une basse-cour, Chiléa jura de révéler tout ce qui avait trait au pays mystérieux d'Aibon si jamais elle était délivrée un jour. La malédiction n'a jamais été oubliée, jusqu'à aujourd'hui. Celui qui trouvera le coffre, le déterrera et l'ouvrira — ce qui redonnera probablement vie à Chiléa — mettra en jeu l'existence même d'Aibon. Voilà pourquoi on a tout fait pour te dissuader de te mêler de cette affaire. Tous les druides ont juré de défendre le secret du coffre. Cette fois, John Sinclair, tu connais toute l'histoire et toute la vérité. »

C'était vraiment une surprise. Je m'attendais à tout sauf à cette histoire de trésor druidique.

« Il y a une chose que je ne comprends pas, fis-je après un long moment de silence. Pourquoi ce trésor n'est-il pas protégé par des systèmes de sécurité ?

— Oh ! Il y en a, répondit Miriam. Pour commencer, on a creusé d'autres tombes autour de celle-là, pour les courtisans et la suite de Chiléa, de sorte que les morts forment un cercle autour d'elle. On les a enterrés vivants. Ils ne sont morts que plus tard, mais leur âme n'a pas pu s'échapper pour rejoindre le paradis d'Aibon. En fait, ils ont été séparés en deux éléments : d'une part des ombres, et d'autre part, des squelettes vivants. Des zombies, comme tu les appelles. C'est ainsi qu'ils gardent le coffre depuis près de deux millénaires. Jusqu'à présent, personne n'a réussi à extraire le trésor de sa cachette. Tous ceux qui ont essayé ont péri d'une mort atroce. Et toi, John Sinclair, si tu avais tenté l'impossible, tu serais mort comme les autres, car personne n'aurait pu venir te secourir — si grande est la magie des druides. Mais je ne voulais pas que tu meures. Je les ai suppliés de te laisser en vie, et ils m'ont écoutée...

— Et maintenant, où suis-je ? demandai-je.
— Tu n'es pas en Aibon. Seulement à sa lisière.
— Est-ce que j'y entrerai ?
— Non. Tu resteras là.
— Combien de temps ?
— Ça ne dépend pas de moi. Ce sont les autres qui décideront. Il est possible qu'ils te laissent ici pour l'éternité. »

Charmante perspective ! J'en eus froid dans le dos. Mais ce n'était pas le moment de réfléchir au sort qui m'était réservé. J'en revins au trésor.

« Si ce n'est pas moi qui le cherche, dis-je, d'autres le feront.

— Sans doute, oui. Et ils mourront. Personne ne pourra rien pour eux.
— Vraiment ?
— Telles sont les lois anciennes. Je ne peux ni les enfreindre, ni les changer. Je vais d'ailleurs te révéler encore autre chose... Nous avons peut-être eu tort de t'éloigner de ce trésor, car d'autres... »

Miriam se tut ; je voyais qu'elle hésitait à aller au bout de sa phrase.

« Quoi ? insistai-je. Parle !
— Cet Aaron Steel te cherchait, toi, pour l'aider dans son entreprise. Comme tu n'étais pas disponible, il a dû te chercher un remplaçant... »

J'avais compris.

« Pang Lim ?
— J'en ai peur, oui. »

Je n'avais aucune raison de mettre en doute les paroles de Miriam di Carlo. Il ne faisait aucun doute que mon ami me remplacerait, sans se douter de ce à quoi il s'exposait.

Miriam avait bien dit que tous ceux qui s'opposaient aux druides n'avaient aucune chance de sortir vivants de l'aventure. Même moi, je n'y serais pas parvenu, malgré les armes exceptionnelles dont je disposais. Mais Pang Lim, que pouvait-il faire contre les druides ? Rien.

« Tu ne dis plus rien, John ?
— Non.
— Tu acceptes l'idée de la mort de ton ami ? »

J'éclatai de rire. D'un rire sec et sans joie.

« Je suis navré, Miriam, mais je ne l'accepte pas.
— Il le faut bien, pourtant, John. Je t'en prie ! Crois-moi, j'ai fait pour toi tout ce que je pouvais... Ne m'en demande pas davantage.

— Alors fais encore quelque chose pour Pang Lim.

— On ne me le permettra pas. Ils n'ont accepté ma proposition que parce que j'avais vécu longtemps parmi les hommes. C'est tout. Tu dois...

— Je ne dois rien du tout ! » l'interrompis-je d'une voix dure.

Je commençais à sentir la colère monter en moi. Je n'avais nullement l'intention de me laisser enfermer pour l'éternité dans le noir, devant les portes d'Aibon. Je mettrais toutes mes forces en œuvre pour échapper à ce destin abominable.

« Non, Miriam. Tu devrais me connaître pourtant, ajoutai-je. Je n'ai jamais capitulé devant aucune force de l'enfer, et je ne capitulerai pas non plus devant Aibon...

— Sois raisonnable ! »

Il y avait de la supplication dans sa voix.

« Peut-être suis-je fou, repris-je. Peut-être pas... Mais je ne peux agir autrement. Je regrette.

— Dans ces conditions, je dois t'abandonner.

— Fais ce que tu dois, mais sois sûre d'une chose : je vais me battre. Tout ce que je souhaite, c'est qu'Aibon ne réussisse pas à sortir vainqueur de ce combat. Il est possible que ce soit un paradis pour vous, mais pas pour moi. D'après ce que tu m'en dis, j'aurais plutôt tendance à croire que c'est l'enfer. »

Je l'entendis soupirer. Un soupir profond qui résonna à mes oreilles comme un adieu. Miriam di Carlo n'ajouta pas un mot.

Et elle disparut...

Je me retrouvai seul dans l'obscurité, sans savoir ce que j'allais faire. Malgré la fermeté avec laquelle je venais de m'exprimer, je ne me sentais pas tellement fier. J'étais toujours prisonnier d'un monde dont personne, ou presque, n'avait jamais entendu parler. Et sans espoir de m'échapper.

Sans espoir, vraiment ? J'essayai une nouvelle fois d'allumer ma lampe de poche.

Cette fois encore, la lumière ne dépassa pas les filaments de l'ampoule ; elle fut littéralement aspirée par l'obscurité.

Ma croix ?

En général, elle réagissait d'une façon positive. Mais pas devant la magie des druides. Là, elle changeait d'attitude, prenait une teinte verdâtre et donnait l'impression de changer de camp. J'ignorais la raison de cet étrange phénomène, mais je voulus la mettre à l'épreuve avec les paroles qui devaient l'animer.

Je passai la chaînette par-dessus ma tête, posai la croix sur la paume de ma main et j'eus la surprise de la voir malgré l'obscurité dans laquelle j'étais plongé. Une pâle lueur verdâtre dessinait ses contours. Elle n'était pas très visible, mais avec un effort, je parvenais à en distinguer nettement les détails : les signes des archanges, ceux de la mythologie égyptienne et les lettres sacrées des Indiens.

Il me fallait me rendre à l'évidence : ma croix était soumise au sortilège druidique.

Les forces qu'elle abritait avaient dû changer.

J'aspirai une longue bouffée d'air. Un air clair et rafraîchissant, au goût d'ozone.

Était-ce l'air d'Aibon ?

Peu importait. L'essentiel, c'était la croix et son action.

Je tentai l'épreuve.

Les mots coulèrent de mes lèvres avec une grande facilité et une merveilleuse assurance.

« TERRA PESTUM TENETO — SALUS HIC MANETO »

A peine avais-je prononcé le dernier mot que je baissai la tête. Maintenant il devait se passer quelque chose.

Mais la croix demeura sur la paume de ma main, avec sa lueur verdâtre. Je secouai la tête, refusant de comprendre.

Je lui avais fait confiance... et j'avais misé sur le mauvais numéro.

Je savais que j'aurais du mal à surmonter une pareille déception. Jamais, jusque-là, mon précieux talisman ne m'avait abandonné. Et voilà que ce que, au fond de moi-même, j'avais toujours redouté, craint venait de se produire.

Je répétai la formule...

Quelque chose était en train de se modifier.

Bien que n'y voyant toujours rien, je le sentais. L'obscurité autour de moi changeait. C'était difficile à expliquer. Il m'avait semblé être seul dans un immense trou noir, et voilà que ce trou se rétrécissait. J'assistais à un phénomène inconnu. C'était comme si l'obscurité prenait forme. Elle devenait compacte, se rapprochait de moi.

Elle me cernait !

Mon rythme cardiaque s'accéléra, et je fus pris de vertige. Tout tournait devant mes yeux. J'avais l'impression d'être le centre d'une spirale dont la vitesse de rotation s'accélérait de minute en minute et qui m'entraînait dans sa course.

Et brusquement, je fus soulevé de terre.

Je volais. Je planais dans l'espace. L'autre puissance me retenait d'une poigne ferme, et l'obscurité commença à se déchirer sous mes yeux écarquillés.

J'aperçus d'abord un rai de lumière dans le lointain. Il était à peine plus lumineux que le noir absolu ; c'était une lueur verdâtre, et sombre en même temps.

Elle semblait très lointaine, à la limite de mon champ de vision, et paraissait étirer l'horizon vers le haut, de sorte que, progressivement, je réussis à distinguer ce qui s'offrait à mes yeux.

C'était un monde, un paysage, un autre royaume peut-être. Ma croix n'était-elle pas en train de m'ouvrir la voie vers le pays d'Aibon, sous l'influence de la formule magique répétée ? C'était trop beau pour être vrai... Encore que... on ne revenait pas d'Aibon...

Dans ma main, ma croix devenait de plus en plus lumineuse. Sans être aussi ardente que de coutume, et sans avoir cette lueur argentée à laquelle j'étais habitué, elle prenait une teinte verte de plus en plus accentuée. Et je sentais également les vibrations sur ma peau.

Je me retrouvai soudain en pleine clarté. Ou du moins, la lumière dans laquelle je baignais me parut très claire. C'était une lumière crépusculaire, pour utiliser une comparaison avec le monde normal. Ainsi l'obscurité m'avait rejeté pour me lancer dans le crépuscule. Mais où ? Dans quel monde ?

Vers Aibon peut-être ?

Je refusai d'y croire et commençai par examiner mon nouvel environnement.

Les druides avaient défini Aibon comme le dernier paradis vert. Ce qui correspondait parfaitement à la contrée dans laquelle je me trouvais à présent, car j'étais entouré de vertes collines. Je vis des forêts, des lacs, mais pas une seule maison, et, au-dessus de ma tête, un vaste firmament qui avait pris une teinte gris-bleu.

Je me trouvais au sommet d'une colline, d'où j'avais une vue étendue sur le paysage environnant, fait de buttes du même genre et de vallées qui ressemblaient à des combes — ou plus précisément à de larges vasques.

L'air y était pur. Je descendis vers la vallée.

L'herbe des prés me parut épaisse et grasse ; j'avais l'impression de marcher sur un tapis.

Le temps était devenu une notion relative. S'était-il écoulé une heure, ou deux, depuis la réapparition de la lumière ?

Jusque-là, j'avais baigné dans un silence absolu et sacré, mais je commençais à percevoir des voix, de l'autre côté de la forêt. Je ne comprenais pas ce qui se disait ; plusieurs personnes parlaient ensemble. Peu de temps après, j'aperçus les lueurs vacillantes d'un feu à travers le feuillage vert.

Je redoublai de prudence et marchai courbé à l'abri des arbres. Mais ma progression était rendue difficile par les fougères et le bois mort qui encombraient le sol. J'écartai les premières sans difficulté ; mais le bois mort craquait sous mon poids, ce qui me faisait sursauter, tant je craignais d'être entendu par les autres.

Je traversai une forêt dense, véritable entrelacs de branches, de bois sec, de vieux arbres aux bras tordus. Certains d'entre eux avaient même poussé de travers sous l'effet du vent et des intempéries, et faisaient obstacle à la marche.

Je dus les escalader et glissai sur une sorte de mousse verdâtre, humide et désagréable au toucher. A force de lutter contre cette forêt presque vierge, je finis par découvrir un sentier qui devait sans doute davantage aux pattes du gibier qu'à la main de l'homme.

J'entendais toujours les voix et continuais à me diriger d'après elles.

Cette forêt dense où la lumière avait peine à percer me rappela celle que j'avais découverte lorsque Wikka la sorcière était à la recherche d'une pierre druidique qui avait le pouvoir de changer son aspect physique.

Mais Wikka avait échoué dans sa mission et était morte d'une façon horrible. Tandis que moi, je vivais et j'avançais.

Tout d'un coup, j'entendis des cris. Non pas des cris de joie, mais plutôt des appels à la vengeance, des explosions de fureur. Et un rire mauvais au milieu des cris. Les bruits se rapprochaient. Je décidai de jouer mon va-tout et me mis à courir aussi vite que je le pouvais.

Les voix et les cris couvraient tous les bruits ; j'avais donc de bonnes chances de passer inaperçu.

Bientôt, les arbres s'espacèrent ; je touchais au but.

Je me remis à avancer prudemment, à quatre pattes au milieu des fougères qui me caressaient le visage comme des toiles d'araignée. Je sentais confusément que le temps du vide et de l'ignorance touchait à sa fin.

J'allais bientôt devoir prendre une décision.

Soudain, la vue se dégagea et, à l'abri de hautes fougères, je pus contempler à loisir une scène étrange.

Je comptai une douzaine de personnes environ, habillées de longues tuniques faites d'une étoffe grossière et d'où émanait une lueur verdâtre. Les hommes étaient armés d'arcs, de flèches et de lourdes massues de pierre.

Au milieu d'eux, se trouvait un homme portant une tunique blanche qui voletait sur le sol comme un voile. Il avait de longs cheveux blancs comme neige et un visage gris et ridé, strié de balafres.

J'eus un coup au cœur, car je connaissais cet homme.

C'était Guywano.

CHAPITRE 5

La décision de Sir James donna des ailes à Pang Lim. Il se lança immédiatement dans l'action. Il s'agissait de John Sinclair ; sa vie était peut-être en danger. Dès lors, il n'existait pas d'obstacle insurmontable.

Au début, tout alla très vite. Quelques communications téléphoniques lui suffirent pour apprendre que trois restaurants seulement avaient ouvert leurs portes cette dernière semaine. Il nota leurs adresses, alla rejoindre Sir James.

« Alors ? demanda le superintendant.

— Alors, nous n'aurons à visiter que trois restaurants. Un Japonais qui fait partie d'une chaîne internationale, un autre baptisé *Tom's Lodge* et enfin un troisième du nom de *City Barbecue*. Je suppose que John aura choisi le plus proche de chez lui ; il est plutôt paresseux, le soir. En outre, il voulait faire un repas léger. Un steak avec de la salade, ou quelque chose comme ça.

— Alors, il me semble que le *City Barbecue*... commença le superintendant.

— C'est également mon avis, monsieur, dit Pang Lim.

— Allez-y tout de suite. »

Pang Lim eut un grand sourire.

« Et le voyage en Irlande ? demanda-t-il.

— Nous irons aussi. Ou plutôt *vous* irez ! Laissez donc les autres prendre un peu d'avance.

— Comme vous voudrez, monsieur. »

Pang Lim sourit de nouveau et se leva, ravi de passer enfin à l'action.

Dans le parc à voitures, il choisit une Rover d'un certain âge, dotée de bonnes reprises, et se jeta dans la circulation. L'air était lourd ce jour-là, et l'on pouvait s'attendre à un orage avant le soir.

Il était déjà près de midi lorsque Pang Lim trouva enfin un endroit pour garer sa voiture. La foule envahissait les trottoirs, à la recherche d'un « lunch » ou d'un « drink ». Le *City Barbecue* avait dressé des tables et des chaises sur le trottoir, et elles étaient toutes occupées. Pang Lim entra dans la salle, où il faisait plus frais. Le personnel allait et venait. Tout le monde était sur les dents.

Il chercha des yeux celui qui pouvait être le patron ou le gérant, et ne tarda pas à repérer un homme vêtu d'un complet foncé, le front baigné de sueur. Son sourire professionnel disparut dès que Pang Lim eut montré sa carte.

« La police ? Mais, je n'ai rien à me reprocher...

— Il ne s'agit pas de vous, répondit l'inspecteur. Si vous aviez quelques minutes à m'accorder...

— Mais... volontiers. »

Les deux hommes allèrent se réfugier dans un coin tranquille. Pang Lim posa sur la table la photo de John Sinclair.

« Vous connaissez cet homme ? demanda-t-il.

— Vous permettez ? »

Le patron chaussa ses lunettes et examina attentivement la photo.

« J'ai tout lieu de penser que cet homme est venu dîner un soir chez vous », reprit Pang Lim.

L'autre approuva d'un signe de tête.

« C'est exact, monsieur. Je m'en souviens fort bien.

— Que vous rappelez-vous d'autre ? fit Pang Lim avec un large sourire.

— Rien. Ce client est parti normalement après avoir réglé l'addition.

— A quelle heure ?

— Je ne saurais vous le dire.

— Il est parti seul ?

— Sans doute, oui.

— Il a pris la sortie habituelle ?

— Je ne peux vous répondre. Non, je ne l'ai pas vu partir par la porte normale. Il se peut qu'il soit... Ah ! attendez un peu ; j'y suis. D'autres clients voulaient aller aux toilettes et ils se sont plaints que la porte était fermée à clef de l'intérieur. Mais je ne peux pas vous affirmer que ce détail soit en rapport avec la personne que vous recherchez.

— Pourriez-vous me dire avec précision ce qui s'est passé ?

— Non. Je ne m'en suis pas occupé personnellement. J'ai envoyé l'un de mes serveurs. Mais il ne travaille pas aujourd'hui. »

Pang Lim ne put cacher sa déception.

« Qu'a-t-il dit en revenant des toilettes ?

— Il a trouvé la porte des hommes fermée, mais a remarqué quelque chose d'étrange.

— Quoi donc ?

— Une lueur verdâtre qui passait sous la porte. Une sorte de voile, a-t-il dit. Il n'avait jamais vu une chose pareille.

— Et puis ?

— C'est tout, répondit le patron en haussant les épaules.

— Il n'a rien dit de plus ?

— Si. Mais c'est absurde. Il prétend avoir vu des personnages qui ont disparu, ou se sont évanouis dès qu'il a ouvert la porte.

— Comment étaient-ils, ces personnages ?

— Il n'en sait rien. La seule chose qui nous intéressait, nous, c'est que la porte soit réouverte, vous comprenez... »

Mais Pang Lim n'écoutait plus. Ses pensées battaient déjà la campagne. Une lueur verte. Dans les toilettes... Comment y était-elle venue ? Par la magie des druides, bien sûr.

Depuis sa conversation avec Aaron Steel, il ne cessait de songer à Aibon. Chaque fois que les druides s'étaient manifestés, ils avaient été entourés d'une lueur verdâtre. Serait-il possible que la disparition de John fût en rapport avec Aibon et l'affaire que l'on venait de lui confier, à lui, Pang Lim ? A première vue, cela paraissait incroyable, mais il avait eu tant de surprises au cours de sa carrière qu'il savait que tout était possible.

Mais pourquoi le chasseur de spectres avait-il été enlevé ? Il ne pouvait être au courant de cette mission, puisqu'il avait disparu la veille. Pang Lim décida néanmoins d'attacher un certain crédit au récit du patron du *City Barbecue*.

Plus il réfléchissait, plus l'inspecteur sentait renaître l'énergie en lui. Finalement, il sauta sur ses pieds.

Il y avait quelque chose dans l'air !

A lui maintenant de s'en saisir.

CHAPITRE 6

Ainsi, c'était Guywano !

C'est à peine si j'en croyais mes yeux. Je me rappelais ces anciens druides que j'aurais dû supprimer, en principe. Je ne l'avais pas fait parce que je ne tenais pas à m'empoisonner au contact d'Aibon et de sa magie.

Guywano avait été le gardien d'une nécropole de druides, profanée par quatre mercenaires. La magie druidique avait fini par les envoyer à la mort au moment où ils mettaient à l'épreuve un nouveau modèle d'hélicoptère de combat.

Nous nous étions heurtés à lui à l'époque parce qu'il détenait l'un des sept poignards appartenant à Mandra Korab. Et voilà que nos chemins se croisaient de nouveau.

Est-ce que je me trouvais dans le vieux cimetière des druides ? Non, c'était impossible. Cette contrée boisée et riante ne ressemblait en rien au sol torturé et couvert de blocs de rochers sous lequel dormaient les druides.

Les autres membres du groupe ne m'intéressaient plus. Je n'avais d'yeux que pour le vieux druide aux cheveux neigeux.

Il parlait. Les sons rauques qui sortaient de sa gorge évoquaient un peu le gallois. Les hommes s'écartèrent respectueusement pour lui faire place.

Je commençai aussi à y voir plus clair et pus bientôt préciser l'endroit où se trouvait ce groupe.

Devant une tombe. Ou, en tout cas, une ouverture creusée dans le sol.

Puis il y eut des grincements de roues et le claquement d'un fouet fendant l'air.

Ma position n'était pas des plus sûres. Avec prudence, je me glissai derrière un buisson, ce qui me permit de me relever et d'avoir une meilleure vue.

Quelqu'un arrivait.

Tout d'abord, je ne distinguai qu'un cheval. Un cheval sauvage, et un homme qui marchait à son côté et lui frappait le flanc de temps à autre d'un violent coup de fouet. L'herbe grasse étouffait le bruit des sabots. Ce que je vis ensuite me fit froid dans le dos.

Le cheval tirait derrière lui une énorme roue de bois. Et sur les rayons de cette roue, était attachée une femme blonde, et nue.

Je la reconnus immédiatement.

C'était Chiléa, la reine dont m'avait parlé Miriam di Carlo. Tout s'enchaînait parfaitement. La tombe, la femme — il ne manquait plus que le coffre au trésor.

Ma croix réagissait. Mais pas dans le sens où je l'aurais voulu. Sa magie m'avait entraîné dans le passé et j'étais en train d'assister à la fin tragique de Chiléa, la reine des druides.

D'une certaine manière, j'étais en train de réaliser le rêve de tout historien : un retour dans le passé qui lui permettrait de revivre les événements qu'il avait explorés longtemps après, dans les livres.

J'assistai à un phénomène extraordinaire, mais sans pouvoir intervenir, car je n'avais d'influence ni sur le temps, ni sur le destin.

J'étais un simple spectateur, mais j'allais pouvoir disposer d'éléments qui m'aideraient à comprendre le présent... à supposer que je revienne jamais dans le présent.

La roue sur laquelle la femme était enchaînée se rapprochait. J'entendais déjà les cris et les supplications de la reine des druides, et les rires moqueurs qui lui répondaient. Sa tête heurtait les bosses du sol inégal, mais heureusement pour elle l'herbe grasse adoucissait les chocs.

Par deux fois encore, l'homme fouetta le cheval qui prit de la vitesse, de sorte que la roue tournait plus vite, elle aussi, en soulevant des mottes de terre.

Les cris de la prisonnière cessèrent soudain, car l'animal avait atteint son but. Il avait dû beaucoup courir, il était en nage. Sur un signe de Guywano, les hommes se précipitèrent sur la roue et à l'aide de pierres acérées, ils coupèrent les liens de la reine. Chiléa tomba sur le sol, la tête la première, et elle poussa un gémissement. Puis lentement, elle se tourna sur le côté et faillit tomber dans la fosse.

Guywano, le grand prêtre des druides, avança et s'arrêta à quelques pas d'elle. De ses yeux froids, il regarda le corps nu de la femme.

Je fus obligé de changer de position une fois de plus, ce qui provoqua un léger bruissement qui me fit trembler. Mais personne ne parut l'entendre.

Les hommes n'avaient d'yeux que pour Guywano et Chiléa.

Le vieux druide tendit le bras vers la femme, et il se mit à parler, l'index pointé vers elle. J'entendais tout, mais je ne comprenais rien.

La femme l'interrompit.

Alors que le druide avait parlé avec une lenteur calculée, Chiléa, elle, se mit à crier et à cracher. Une salive de couleur verte.

Guywano se contenta de rire. Puis il eut un nouveau geste du bras. Chiléa se redressa et regarda dans la direction indiquée.

Un char s'approchait lentement. Il était tiré par quatre hommes. Chiléa se releva tout à fait. Elle avait un corps souple et des cheveux superbes, bien qu'ils fussent entremêlés de terre et d'herbe.

De ma cachette, je pus lire un mélange d'effroi et d'incrédulité dans le regard de Chiléa. Quant à en deviner la raison, je ne pouvais que me livrer à des conjectures. Sans doute Guywano lui avait-il donné quelques détails sur la mort qu'il lui réservait.

Elle recommença à supplier, mais le druide se contenta de tourner la tête et de la foudroyer du regard.

Chiléa recula d'un pas et finit par se taire. Ses yeux firent le tour des hommes armés et, pendant un instant, j'eus l'impression qu'elle m'avait découvert, car brusquement, elle écarquilla les yeux.

Elle ouvrit la bouche, comme pour dire quelque chose, puis la referma, résignée.

Heureusement pour moi ! Ma situation était des plus précaires. Il n'aurait plus manqué que je sois découvert !

Les quatre hommes avaient amené le char à l'endroit précis où le souhaitait Guywano. Il lança un ordre bref et l'équipage s'arrêta. Puis un deuxième ordre claqua, aussi sec.

D'autres druides se dirigèrent vers le char et en sortirent une caisse qu'ils transportèrent jusqu'au bord de la fosse. J'eus tout loisir de l'examiner attentivement. C'était un coffre en bois sombre muni d'un couvercle. L'ensemble paraissait d'une solidité à toute épreuve ; il ne se décomposerait pas de sitôt.

Quelqu'un ouvrit le couvercle, et je pus jeter un coup d'œil à l'intérieur.

Bien qu'aucun soleil n'éclairât la scène, l'intérieur du coffre rutilait. Bijoux précieux, perles, chaînes, de l'or, de l'argent, un trésor inouï brillait de mille feux. Le trésor amassé par Chiléa.

La reine n'eut pas un mouvement. Tout le corps tendu, elle baissait légèrement la tête, les yeux fixés sur la caisse. Mais lorsque l'un des serviteurs plongea ses deux mains à l'intérieur et les ressortit pleines de joyaux qu'il laissa ensuite retomber dans la caisse, sa physionomie se tordit dans une grimace. Chiléa ne put supporter le spectacle de son trésor manipulé par des mains étrangères.

Elle poussa un cri et bondit vers l'homme, et avant que celui-ci ait eu le temps d'esquisser un geste, elle se jeta sur lui comme une furie et lui griffa le visage de ses ongles.

Je vis couler un liquide rouge foncé. Ce n'était pas du sang vert de druide, mais celui d'un homme normal. Le malheureux perdit l'équilibre et tomba dans la fosse en poussant des hurlements. La femme nue se pencha alors sur le coffre et plongea à son tour les deux mains dans les joyaux. Elle les remua, en sortit quelques-uns qu'elle contempla un instant, avant de les presser contre ses lèvres.

Guywano mit bon ordre à ces débordements. Il tira Chiléa par les cheveux, malgré sa résistance et ses cris. Le vieux druide était sans pitié. Ce qu'il voulait, lui, c'était enterrer cette femme, et rien ne pouvait le distraire de son projet.

Il la jeta à terre, et fit un signe à ses serviteurs.

Quatre d'entre eux se précipitèrent sur Chiléa. Le grand prêtre leva les bras en l'air. Il remua les doigts et prononça quelques paroles sacrées sur un ton menaçant et sinistre.

Il était le maître absolu, le seul qui édictât les lois, et la nature lui obéissait.

La scène qui suivit me donna la chair de poule. Pour la première fois de ma vie, j'assistai à l'inhumation d'une prêtresse des druides.

Les yeux fixés sur la victime, Guywano tenait les bras en l'air. Un nuage sombre à reflets verts naquit soudain entre ses mains, tendues maintenant vers Chiléa.

Le nuage s'immobilisa au-dessus de la femme nue couchée sur le dos, jusqu'au moment où Guywano lança un ordre. Il se détacha alors de ses mains et descendit vers le sol.

Les yeux écarquillés, Chiléa suivait sa progression inexorable. Elle ne bougea pas, et se contenta de prier et de supplier, ce qui correspondait parfaitement au récit de Miriam di Carlo.

Guywano interrompait de temps en temps le monologue plaintif de Chiléa en criant quelques mots. Le nuage descendit sur la prêtresse nue. Il s'était un peu éclairci entre-temps, ce qui me permettait de voir au travers. J'apercevais aussi le visage du vieux druide comme à travers un voile, véritable masque grimaçant au reflet verdâtre, animé par le sarcasme et une terrible volonté de mort.

Le nuage frôlait maintenant la malheureuse. Elle poussa un cri qui me glaça jusqu'à la moelle des os.

Entièrement emprisonné à l'intérieur du nuage, le corps de Chiléa s'agitait à présent comme sous l'effet de violentes secousses électriques. Il se tordait d'un côté et de l'autre, se cabrait en l'air pour s'écraser sur le sol quelques secondes plus tard.

Ce fut une agonie atroce. Puis, progressivement, le nuage se déplaça de côté, découvrant un corps inanimé sur le sol.

Guywano avait atteint son but.

Le vieux druide poussa un grand cri que l'écho de ce sombre pays renvoya à tous les points cardinaux.

Était-ce la fin ?

Je le pensais, mais j'avais oublié le second acte du drame, l'enterrement de la victime.

Tout d'abord, Guywano rappela à lui le nuage qui vint se coller à ses mains, et se dissipa aussitôt dans les airs.

Puis il se tourna vers Chiléa et se pencha pour la soulever dans ses bras. Elle paraissait légère comme une plume. Les serviteurs s'écartèrent avec respect sur son passage, pour dégager l'accès au coffre.

Le coffre était resté ouvert, et les joyaux continuaient à scintiller comme une myriade d'étoiles. C'est ainsi que Chiléa les avait aimés, et elle allait pouvoir les emporter avec elle dans la tombe.

Guywano laissa tomber le cadavre.

Il y eut un bruit sourd qui me fit sursauter. Une des jambes de la reine déchue dépassait du coffre, et il fallut que le druide la pliât pour la ramener contre le corps. Puis il appuya de toutes ses forces pour tasser le cadavre à l'intérieur de la caisse, et referma le couvercle. Il y eut un nouveau bruit sec. Cette fois, pensai-je, c'est la fin. Mais je me trompais. L'inhumation n'était pas encore terminée.

Guywano posa les deux mains sur le couvercle du coffre et il le scella par un tour de magie. Pour terminer, il fit signe à ses serviteurs de le transporter dans la fosse.

Quatre hommes se chargèrent de cette macabre besogne, et le coffre disparut dans le trou. Personne ne parlait, et pourtant j'entendais des bruits sourds. Cela ressemblait aux cris qu'aurait cherché à pousser une bouche bâillonnée.

Ils venaient de l'intérieur du coffre...

Un frisson glacé me parcourut le dos. Ainsi, Chiléa n'était pas morte ! Ils avaient enterré vivante la reine des druides...

Quel horrible châtiment ! Le coffre disparut de ma vue, et les serviteurs rebouchèrent le trou de leurs mains nues. Ils s'étaient tous mis à cette tâche, excepté Guywano, qui les regardait, debout à quelques pas de la tombe.

Son regard m'effleura.

Je me cachai aussitôt, avec le sentiment qu'il était trop tard et qu'il m'avait aperçu ; aussi serrai-je désespérément ma croix dans ma main, en attendant la suite.

Il ne se passa rien.

Guywano ne m'avait pas vu, semblait-il, et je me risquai à relever la tête pour ne rien perdre de la fin du drame.

Les serviteurs avaient travaillé avec rapidité, le trou était à présent presque rebouché. Le sentiment de peur qui m'avait paralysé quelques minutes auparavant commençait à se dissiper. Toutefois, il n'était pas question de sous-estimer Guywano, le futur gardien d'un cimetière antique, car il venait de prouver sa puissance.

Je me demandais ce qui allait se passer ensuite. Les hommes tassaient de leurs pieds la terre sous laquelle Chiléa venait d'être inhumée. Puis, leur mission accomplie, ils se remirent en rang.

On éloigna le cheval qui avait amené Chiléa.

Les druides auraient pu disparaître, et je m'étonnai de les voir demeurer sur place. Sans doute avaient-ils encore un rôle à jouer dans la fin du rituel des obsèques.

Je fus obligé de remuer un peu, car ma jambe droite s'était engourdie. Je la sentis envahie de picotements et remuai les orteils ; il fallait que je conserve toute ma souplesse, j'en aurais peut-être besoin.

Guywano leva les yeux vers le ciel, où des nuages gris s'étiraient en longueur. Un silence pesant planait sur ce cimetière improvisé.

Je jetai un coup d'œil sur ma croix ; elle n'avait pas encore repris sa couleur d'origine. Elle brillait toujours d'une lueur verdâtre qui éclairait la paume de ma main. La magie druidique continuait donc d'agir, en la personne de Guywano.

Le grand prêtre se déplaçait à pas lents ; il semblait passer en revue ses serviteurs, regardait attentivement chacun d'entre eux, et, devant certains, il prononçait un mot.

Aussitôt, l'homme qui venait d'être ainsi désigné avançait d'un pas. Finalement, il en sortit six du rang. Je ne comprenais pas encore où le druide voulait en venir.

Guywano venait tout simplement de choisir ceux dont il avait besoin pour achever sa besogne funèbre.

Les autres gardèrent un visage impassible. Impossible de distinguer s'ils étaient heureux ou non de n'avoir pas été choisis. Ils se dispersèrent dans la nature et disparurent.

Il ne resta plus sur le terrain que Guywano, les six élus, et moi.

Le grand prêtre leva les bras et alla se placer sur la tombe où il se mit à chanter.

Ce chant du druide était pour moi quelque chose de tout à fait nouveau. La mélodie semblait venir du plus profond du corps plutôt que de la gorge. Des sons aigus, harmonieux, succédaient aux plaintes sourdes. J'avais l'impression que Guywano adressait une prière aux dieux, afin de solliciter leur miséricorde.

Et le ciel dut entendre la prière du druide, car il changea de couleur.

Comment cet homme parvenait-il à agir ainsi sur la nature ? Je ne comprenais pas. Il en connaissait les lois, il connaissait les secrets des plantes et des animaux et le pouvoir des forces mystérieuses encore enfouies dans la terre, et qu'il fallait réveiller.

Les ombres ne tombèrent pas du ciel. Elles me parurent plutôt monter du sol et des arbres, sous la forme de longues bandes qui enveloppaient la tombe et ses environs d'une demi-obscurité.

J'étais fasciné par le spectacle de ce grand prêtre qui commandait à la nature. Il en avait mobilisé les forces secrètes, les avait extraites du plus profond du sol et lui-même semblait enveloppé d'ombres grises, comme si des voiles légers voletaient autour de lui.

Les six serviteurs choisis se laissèrent eux aussi envelopper d'ombre, sans faire le moindre mouvement.

Jusqu'à ce que Guywano laissât retomber ses bras le long de son corps.

Aussitôt, la magie se déchaîna. La terre s'anima. Je la vis se soulever en vagues et s'ouvrir à l'endroit précis où se trouvaient les six druides élus.

Mon cœur se mit à battre plus fort. Non, ce n'était pas possible !

Les druides s'enfoncèrent lentement dans la terre, qui les aspirait vivants, les comprimait, sans qu'ils esquissent le moindre geste de défense. Ils se sacrifiaient pour Guywano. Je n'en croyais pas mes yeux. Entourés de vapeur et d'ombres, ils disparaissaient peu à peu, sous le regard impassible du grand prêtre, formant un cercle autour de la tombe de la reine, à une distance respectueuse. Peut-être allaient-ils devenir les gardiens du tombeau et du trésor !

J'essayai une dernière fois de percer le secret de leurs physionomies impassibles. Leur peau transparente, leurs lèvres aux légers reflets verdâtres, leurs yeux noirs où ne passait aucune peur... J'avais l'impression qu'ils étaient heureux d'aller à la mort pour leur seigneur et maître. Je croyais voir une sorte de sourire passer sur leurs lèvres. Mais les ombres étranges qui entouraient la scène pouvaient m'abuser.

Les dernières chevelures disparurent de ma vue. Et la terre se referma sur les six têtes.

Guywano se dressait toujours de toute sa hauteur sur la tombe.

Mon cœur se serra lorsque je me rendis compte que les ombres s'élevaient maintenant à l'endroit exact où les six hommes avaient été enterrés vivants.

Sans doute les serviteurs venaient-ils à l'instant de rendre l'âme. Étouffés par la terre.

Mais ils laissaient des traces.

Ces six ombres !

Étaient-ce les âmes de ces fidèles serviteurs ? J'étais tenté de le croire. Les âmes des druides qui montaient des profondeurs de la terre pour continuer à vivre.

C'était à peine croyable.

Guywano leva de nouveau les mains et agita les doigts selon un rythme précis. Les ombres comprirent le message et obéirent sur-le-champ.

Elles s'approchèrent du grand-prêtre, l'entourèrent et se mirent à danser autour de lui.

Pendant ce temps, Guywano leur parlait. Elles étaient sous l'empire de forces magiques. Elles obéissaient à des lois éternelles et dansaient au rythme des paroles du prêtre. Puis elles s'évanouirent.

Tout cela n'avait duré que quelques secondes. Heureusement, je n'avais pas relâché mon attention, sinon ces phénomènes m'auraient échappé. Les six ombres se dissipèrent donc pour aller se fondre dans l'air, car je ne pouvais imaginer que le grand prêtre des druides les eût détruites.

Le silence retomba, pesant. Mais c'était un silence vivant, animé.

Mon cœur battait à tout rompre, déchaînant une sorte d'écho dans mon cerveau. J'avais aussi la poitrine comprimée, et ma croix avait encore sa coloration verte, ce qui signifiait que la magie était toujours à l'œuvre. Elle n'allait sans doute pas disparaître de sitôt !

Guywano jeta un dernier regard autour de lui, et je me recroquevillai pour qu'il ne me voie pas. Ses yeux s'arrêtèrent un instant sur la forêt qui m'abritait.

M'avait-il aperçu ?

Il n'en laissa rien paraître, en tout cas. Je poussai un soupir de soulagement et redressai la tête prudemment.

Le druide s'éloignait.

Il m'avait tourné le dos et quittait le cimetière à pas lents.

Je le suivis des yeux.

Sa longue tunique blanche flottait au vent. Il me fit l'effet d'un fantôme effrayant quand il disparut dans la combe.

C'était fini.

Les choses ne recommencèrent à vivre que lorsque se fut évanoui le bruit des sabots du cheval. Le vent se leva, caressa l'herbe et se mit à jouer doucement avec les feuilles des arbres.

Avais-je rêvé ?

Non, ce n'était pas un rêve. J'étais vraiment revenu deux mille ans en arrière, sur cette terre d'Irlande, et je venais d'assister à une inhumation druidique. Une inhumation cruelle — et je ne pouvais imaginer qu'elles fussent toutes semblables à celle-ci. Mais ici, quelqu'un avait été durement châtié pour avoir voulu s'approprier le pouvoir.

Quant à moi, je me retrouvai seul, emprisonné dans le passé, et sans savoir ce que je devais faire pour revenir à mon époque.

Je n'avais personne pour m'aider ; je ne pouvais compter que sur moi. J'élaborai un plan téméraire.

CHAPITRE 7

L'avion de Pang Lim atterrit à l'heure dite sur l'aéroport de Cork. L'inspecteur ignorait ce qui était arrivé à Aaron Steel et à son équipe ; il ne savait même pas s'ils étaient déjà sur place.

Avant de quitter Londres, Pang Lim avait exposé au superintendant le résultat de ses investigations dans le restaurant. Sir James en avait conclu que, sans qu'ils en aient rien su, John Sinclair se trouvait déjà sur l'affaire. Pang Lim aurait aimé partager son optimisme, mais il n'était pas convaincu.

A Cork, il loua une voiture et prit aussitôt la direction de l'ouest, vers le petit village de Scargy Bridge, où le destin de Jack Voring s'était joué d'une manière si horrible.

Le ciel était d'un bleu immaculé, la journée déjà chaude. Il était midi, mais, comme l'inspecteur avait déjeuné dans l'avion, il pouvait rouler sans s'arrêter.

Il atteignit enfin Scargy Bridge.

Pour entrer dans le village, il fallait passer sur un pont de pierre qui enjambait un ruisseau. Il ne coulait ce jour-là qu'un mince filet d'eau paresseuse, mais le lit large laissait supposer qu'au moment des grandes pluies, il pouvait se transformer en torrent tumultueux.

Le village lui-même, fait de quelques petites maisons de pierre brute aux toits de chaume, paraissait endormi.

La route sinuait à travers le village et Pang Lim finit par arriver à une sorte de place. Là, il s'adressa à un vieillard assis sur un banc pour lui demander où se trouvait l'auberge dans laquelle Aaron Steel était descendu avec toute son équipe, et on l'envoya à l'autre extrémité du village.

Il s'agissait d'une vieille grange restaurée et transformée en hôtel, dont la porte d'origine à double battant n'avait pas encore été remplacée par un portail moderne.

La place sur laquelle elle se dressait était parsemée de petits îlots de verdure et plantée d'arbres dont l'ombre était la bienvenue. Plusieurs voitures étaient garées là.

La Rolls appartenait à Aaron Steel, et les autres, plus modestes, à ses collaborateurs. Pang Lim rangea sa Toyota de location à côté d'une MG rouge vif et sortit de voiture.

Il prit sa petite valise et se dirigea vers l'auberge. Il pénétra dans une vaste salle de restaurant où régnait une température agréable — en même temps qu'un air empesté d'effluves de bière et de fumée de cigarettes.

La lumière du soleil inondait la pièce à travers les petites fenêtres, dessinant des rais sur le plancher et des points lumineux sur les nombreuses tables rondes.

La plus grande de ces tables était occupée par Aaron Steel, qui trônait comme un monarque.

Il portait un costume blanc comme neige, tellement clair que son visage habituellement blême paraissait coloré. Les bras dignement posés sur les accoudoirs du fauteuil, il tourna le buste à l'arrivée de Pang Lim.

« Vous ne prenez pas votre boulot très au sérieux, n'est-ce pas ? »

C'était exactement le genre de réception auquel s'attendait l'inspecteur, et ça ne lui plut pas du tout.

« Que voulez-vous dire ?
— Vous arrivez bien tard.
— Vous n'êtes pas seul au monde, monsieur Steel. »

L'industriel frappa du poing sur la table.

« C'est possible, fit-il. Mais maintenant vous êtes là, et ici, c'est moi qui commande, c'est compris ?
— Vous criez assez fort pour que j'entende. »

Pang Lim posa sa valise par terre et jeta un regard circulaire sur la salle et ses occupants.

Il y avait là la secrétaire de Steel, Iris Askin, assise auprès de lui. Elle aussi, elle était vêtue de blanc —

ensemble de lin légèrement froissé, pantalon et veste. Elle portait également un chapeau à large bord bleu clair et un bandeau blanc dans ses cheveux sombres.

Sur les cinq hommes présents, Pang Lim n'en connaissait qu'un, Gerald Voring. Les autres avaient tout l'air d'être prêts à se jeter au feu pour de l'argent. C'étaient de rudes gaillards à la peau basanée et au regard dur, vautrés sur les chaises ou assis sur les tables.

Ils ne buvaient pas d'alcool et regardaient Pang Lim comme s'ils allaient le dévorer.

L'inspecteur jeta aussi un coup d'œil vers le patron de l'auberge, réfugié derrière le comptoir. C'est à peine si on le voyait, car il était à moitié caché par un tonneau de bière.

Pang Lim alla au bar, suivi par sept paires d'yeux. Personne ne parlait. Il salua aimablement le patron et lui demanda un verre d'eau minérale qu'il voulut payer aussitôt.

« Non, dit l'aubergiste à mi-voix. C'est M. Steel qui s'en charge.

— Je paie moi-même mes consommations », insista Pang Lim.

Aaron Steel éclata de rire.

« On a sa fierté, hein ?

— C'est un principe chez moi ! répliqua le Chinois.

— Eh bien, continuez donc à suivre vos principes, si ça vous chante ! »

Le patron tendit le verre d'eau à Pang Lim d'une main tremblante.

« Hé, Cogan, apporte donc encore une tournée, cria Voring sans bouger de sa place.

— Tout de suite, monsieur ! » bredouilla l'aubergiste qui n'avait pas l'air spécialement à l'aise au milieu de toute cette équipe.

Cogan était un homme déjà âgé, au front dégarni. L'émotion colorait ses joues, ses mains tremblaient et de grosses gouttes de sueur perlaient sur son crâne chauve. Il avait peur, et Pang Lim ne lui donnait pas tort.

Son verre à la main, l'inspecteur revint à la table de Steel et s'y assit sans attendre d'en être prié.

L'industriel et sa secrétaire le considéraient d'un regard dur, quelque peu méprisant.

Iris Askin arborait une esquisse de sourire las ; malgré la chaleur, elle était parfaitement maquillée. Elle faisait visiblement partie de cette race de femmes pour qui seul comptait ce qui coûtait une fortune.

Pang Lim but lentement et reposa le verre sur la table. Après quoi, il se décida à engager la conversation.

« Comme je peux le constater, monsieur Steel, vous vous êtes fort bien acclimaté...

— Je vous fais grâce de votre ironie.

— Désolé, fit Pang Lim. Alors, où en sommes-nous ?

— Iris va tout vous raconter. »

Pang Lim ne put se retenir d'esquisser un petit sourire. Il fallait bien que cette femme remplisse une fonction quelconque qui justifiât sa présence.

Aaron Steel se cala contre le dossier de son fauteuil et se détendit, la tête posée sur sa main. Quant à Iris Askin, elle redressa au contraire le buste et fixa Pang Lim de ses yeux sombres.

« Comme nous sommes arrivés avant vous, commença-t-elle, nous avons eu le temps de prendre quelques renseignements. Et la première chose que nous avons pu constater, c'est que les gens d'ici ont peur.

— De quoi ?

— De ces choses... »

Pang Lim l'interrompit en souriant.

« Soyez plus concrète, s'il vous plaît.

— Ils considèrent l'endroit où est mort notre collaborateur comme un lieu maudit. Personne n'ose y aller, à moins d'y être obligé, si vous voyez ce que je veux dire.

— Jusque-là, oui. Mais précisez-moi le motif de cette peur. Une chapelle ne peut pas être maudite.

— Celle-ci l'est, pourtant ! insista la secrétaire. D'ailleurs, elle a été profanée. Comment ? Je ne saurais vous le dire, ça s'est passé pendant une guerre. J'ai entendu dire qu'elle avait été construite là, à l'origine, pour neutraliser d'autres puissances.

— Magiques ?

— On ne me l'a pas dit, répondit-elle en fronçant les sourcils. Ici, on se contente généralement d'un mot : les druides.

— La puissance des druides n'est pas forcément négative », déclara Pang Lim.

Cette réponse parut irriter beaucoup Iris Askin, qui demanda sèchement :

« Que voulez-vous dire ?

— Oui, inspecteur, il faut nous expliquer cela, intervint Aaron Steel.

— Les druides, reprit donc Pang Lim, et surtout leurs chefs et leurs grands prêtres, étaient d'excellents médecins, d'excellents guérisseurs et aussi de grands philosophes.

— Qui n'hésitaient pas à tuer, n'est-ce pas ? »

Le Chinois fit un geste de la main.

« Bien sûr. Mais la majorité des druides jouaient un rôle très positif auprès de la population, qui faisait toujours appel à eux, en cas de difficultés.

— Alors, il faut croire que Jack Voring n'a pas eu de chance... » commenta Steel.

Pang Lim, sans répondre, se retourna vers la secrétaire.

« Revenons-en à notre sujet, dit-il. Que s'est-il passé ?

— Cogan, l'aubergiste, dit que les alentours de la chapelle sont maudits. On raconte qu'on y a enterré quelque chose qui ne doit plus jamais reparaître à la surface. Ceux qui disent ça n'ont aucune responsabilité dans l'affaire, bien entendu, et d'ailleurs, cela s'est passé il y a si longtemps qu'aucun livre n'en parle. C'est resté du domaine exclusif de la légende ou de la tradition orale. »

L'inspecteur se tourna vers l'aubergiste.

« Monsieur Cogan, s'il vous plaît, demanda-t-il voudriez-vous venir ici un instant ?

— Volontiers. »

L'aubergiste s'essuya les mains à son tablier, et tout en prenant place à la table ronde, à côté de Pang Lim, il jeta sur l'industriel un coup d'œil inquiet.

« Ne craignez rien, lui dit l'inspecteur. Et racontez-moi ce qui s'est passé. Commencez par le commencement. »

Cogan haussa les épaules, puis acquiesça d'un signe de tête.

« La chapelle servait d'église paroissiale... fit-il.
— De votre temps ?
— Non. Ce sont les vieux qui me l'ont dit. Eux-mêmes le tenaient de leurs grands-parents, et ainsi de suite. Autrefois, c'était une chapelle normale. Le Sud de l'Irlande était catholique, et l'est resté. Nous avons maintenu notre foi. La chapelle devait servir de protection contre les autres croyances, mais elle devait aussi protéger son entourage. La légende prétend qu'une reine ou prêtresse druidique a été enterrée là avec tous ses joyaux. Elle était considérée comme une mauvaise reine, car pour elle, l'or était plus important que tout le reste.
— Comment s'appelait-elle ? demanda Pang Lim.
— Chiléa.
— Nous y voilà ! intervint Steel de sa voix métallique. Tout se tient, la tombe, la mort de mon homme... Il faudrait mettre de l'ordre là-dedans.
— Attention à vous ! » dit Pang Lim.
L'aubergiste hocha la tête à son tour.

« Je suis sûr de la valeur de mes gens ! gronda Steel.
— Loin de moi la pensée de vous contredire, monsieur, dit Cogan, mais je crois qu'on ne peut agir dans cette affaire avec des moyens normaux. La magie des druides est très forte !
— Il n'empêche que nous la détruirons ! »
Pang Lim soupira.

« Continuez votre récit ! dit-il à l'intention de l'aubergiste.
— Oui, bien sûr, excusez-moi. La chapelle a donc été profanée et, par la suite, on n'a trouvé personne pour la remettre dans l'état où elle était avant. Entre-temps, les forces enfermées dans la terre se

sont réveillées, puisque rien ne les retenait plus, et se sont libérées de leur prison. On a vu soudain apparaître des ombres mystérieuses qui...

— Comme pour Jack Voring ! » le coupa Aaron Steel.

Mais cette fois, Cogan ne perdit pas le fil de son discours.

« Nos ancêtres savaient ce qu'ils faisaient en construisant la chapelle à cet endroit. Mais après la désaffection du lieu saint, d'autres forces s'en sont emparées. Les ombres devinrent les véritables maîtres de l'endroit. Elles étaient partout. Dans les murs, où elles restaient à l'affût afin de supprimer les curieux qui s'approchaient de trop près. C'était affreux.

— Il y a eu des morts ? demanda Pang Lim.

— Parmi les gens du pays, non. Nous étions au courant et n'allions jamais là-bas.

— Mais le trésor existe toujours ?

— Oui.

— Personne n'a essayé de s'en emparer ? »

Une fois de plus, Steel voulut intervenir mais un coup d'œil furieux de l'inspecteur l'arrêta, et il se tint tranquille.

« Nous ne disions rien, répondit Cogan. L'or des druides ne nous intéressait pas, car nous savions, nous, que tous ceux qui avaient essayé de chercher le coffre avaient été frappés par la malédiction de la reine. Elle n'attendait que le moment de revenir sur terre, à l'état de morte-vivante ou d'esprit, afin de semer la terreur et...

— Je comprends, coupa Pang Lim. Et les ombres ? Vous croyez qu'elles font aussi partie de sa malédiction ?

— Je ne saurais vous dire, monsieur. Sur ce point, on en est réduit aux spéculations.

— Essayez tout de même.

— On prétend que les ombres sont les âmes des gardiens du tombeau de la reine. Elles sont chargées de surveiller le lieu sacré et de le couper du reste du monde, pour que personne n'essaie de violer la tombe.

— Mais il y a aussi ces bras qui sortent de la terre, d'après ce que l'on m'a raconté, dit Aaron Steel.

— Ce pourrait être eux également. »

Steel se mit à rire.

« Qui ? Les ombres ?

— Non, les gardiens.

— Ne dites pas de sottises. Ils sont morts, voyons. »

La physionomie de l'aubergiste se renfrogna. Il inclina légèrement la tête pour murmurer :

« Monsieur, tout ce qui gît, mort, sous la terre, n'est pas forcément détruit. Ne l'oubliez pas. »

Pang Lim se tourna vers l'industriel.

« Prenez-vous ces avertissements au sérieux, monsieur Steel ?

— On verra bien.

— Vous persistez à vouloir sortir le trésor de sa cachette ?

— Je ne suis venu là que pour ça. »

Cogan blêmit.

« Mon Dieu, monsieur, ne faites pas cela ! Laissez le trésor de la reine là où il est, ou vous y perdrez la vie.

— On ne meurt pas aussi facilement.

— Vous n'avez jamais eu affaire à la magie druidique ? demanda Pang Lim.

— Non. Comment voulez-vous que je...
— Alors, n'en parlez pas avec autant de légèreté.
— Faites attention à ce que vous dites, inspecteur, intervint Iris Askin. Vous oubliez à qui vous parlez !
— Pas du tout, répliqua Pang Lim. Je parle à un vieil homme borné et ignorant. »

Cette phrase, Pang Lim l'avait prononcée à haute voix, de sorte que les gardes du corps de Steel l'avaient entendue. Ils étaient payés par l'industriel, et ils n'allaient pas laisser insulter leur patron sans réagir. Ils vinrent aussitôt se placer en demi-cercle derrière Pang Lim, qui les accueillit d'un sourire moqueur.

« Vous cherchez la bagarre ?
— Nous voulons seulement t'apprendre les bonnes manières, Chinois, déclara Gerald Voring.
— Ça va, laissez tomber, intervint Aaron Steel. Ça n'en vaut pas la peine.
— C'est bien mon avis, renchérit Pang Lim en se calant contre le dossier de sa chaise. Monsieur Steel, je voudrais encore une fois vous mettre en garde, vous et vos acolytes, contre les sortilèges des druides. Renoncez au trésor ! »

Aaron Steel regarda l'inspecteur comme si celui-ci lui avait fait une proposition malhonnête. Il essaya de sourire, puis son visage grimaça et il murmura :

« Vous rendez-vous compte de ce que vous me demandez là ?
— Oui. Je veux vous sauver la vie ainsi que celle de ces personnes qui vous accompagnent. »

La physionomie du vieil industriel se transforma brusquement de façon effrayante. Les joues tombèrent, la bouche s'ouvrit en un gouffre béant, et Pang Lim eut l'impression que la peau était élastique.

« Vous voulez vous emparer du trésor pour vous seul, c'est ça, lâcha-t-il enfin. Pour arrondir votre maigre traitement, hein ? hein ?

— Vous êtes complètement fou ! » répondit sèchement Pang Lim.

Voring se tenait juste derrière l'inspecteur. Celui-ci ne vit pas partir le coup qui l'atteignit sur la nuque. Il se recroquevilla sur lui-même en se cramponnant au bord de la table. Des ondes douloureuses lui traversèrent le crâne, mais aucun son ne sortit de ses lèvres.

« Je recommence, patron ? Ce gars-là, je le réduis en marmelade en moins de deux.

— Je ne t'ai pas donné l'ordre de frapper, Voring. Arrête ! »

Voring recula en ricanant et en se frottant le poing.

Pang Lim se remettait tout doucement du choc. Il se rétablit sur sa chaise, mais il lui suffisait de tourner la tête pour avoir mal à la nuque. Il suivit néanmoins Voring des yeux.

« Nous en reparlerons, déclara-t-il. Je te rendrai la monnaie de ta pièce ! »

Iris Askin avait pâli ; elle serrait les lèvres. Steel fit un geste de la main.

« Bon, où en étions-nous ?

— Au trésor, répondit la secrétaire.

— Ah ! oui... Vous voyez bien, inspecteur, que vous ne pouvez pas m'interdire de m'emparer du trésor. Et comme il se passe là-bas des phénomènes mystérieux, vous allez nous accompagner — parce que c'est votre boulot.

— Bien sûr, je vous accompagne.

— Alors, nous sommes d'accord.

— Quand ? »

Steel se mit à rire.

« Nous partirons dès la tombée de la nuit. »

Pang Lim se leva.

« A votre guise, monsieur Steel. Voyez-vous un inconvénient à ce que je me retire dans ma chambre d'ici là ?

— C'est cela, disparaissez ! »

Pang Lim s'éloigna, suivi de l'aubergiste qui le rejoignit en courant.

« Attendez-moi, monsieur. Je vous montre le chemin. »

En passant devant Voring, Pang Lim s'arrêta.

« Tu en veux un autre ? grogna le mercenaire.

— Plus tard », répondit l'inspecteur.

Il prit un peu de recul, puis son bras partit avec une force terrible et la manchette frappa Voring en pleine tempe.

L'homme s'écroula et roula sous une table, assommé.

Le rire chevrotant de Steel fusa.

« Bravo, inspecteur ! J'ai l'impression de vous avoir sous-estimé... »

Pang Lim s'éloigna sans ajouter un mot, suivi de l'aubergiste, ravi de voir que quelqu'un avait réussi à clouer le bec à l'un de ces sales types.

CHAPITRE 8

J'avais sous les yeux la tombe de Chiléa !

Silence. Calme absolu. Les ombres s'étaient évanouies, les voix humaines s'étaient tues. Je n'entendais que le mystérieux chuchotement des feuilles agitées par le vent.

Je regardai ma croix. Il y avait longtemps qu'elle aurait dû reprendre son aspect normal. Or, elle conservait cette étrange lueur verdâtre qu'elle avait eue toutes ces dernières heures.

Je ne pouvais pas rester assis là éternellement. Il fallait prendre une décision. Je me remis sur mes jambes avec une lenteur calculée, et je partis en direction de la nécropole.

J'avançais avec prudence, car je m'attendais à chaque instant à une surprise. Arrivé à l'endroit où les gardiens avaient été aspirés par la terre, je m'arrêtai.

Rien. Le sol était tout à fait normal. Un peu mou peut-être, parce que la terre avait été fraîchement remuée.

Je continuai à avancer.

On voyait très nettement la place occupée par le coffre de Chiléa. J'avais bien pensé le sortir moi-même de terre, mais c'était impossible.

Puis, j'eus une autre idée. Pourquoi ne pas faire surgir ces ombres mystérieuses en les provoquant ?

Je mis un pied sur la tombe, puis l'autre, et enfin je me dressai de toute ma hauteur en son centre.

Et j'attendis.

Apparemment, il ne se passait rien, mais ma croix réagit. Sa lueur verdâtre devint une franche lumière verte.

Allais-je la provoquer ?

La première fois, elle m'avait projeté dans le passé ; cette fois-ci, elle me rétablirait peut-être dans le présent...

Après une longue aspiration, je me concentrai et prononçai la formule : *TERRA PESTUM TENETO — SALUS HIC MANETO !* « Que la terre retienne le mal et que le bien reste là ! » — et j'espérais bien que le vœu se réaliserait.

J'attendis jusqu'au moment où j'entendis un cri lointain.

Il sortait du fond de la tombe, et dura moins d'une seconde.

Et elles vinrent...

Les ombres se dressaient à l'endroit même où les six gardiens des druides avaient été enterrés.

J'avais déjà eu à lutter contre des morts vivants, mais contre des ombres mystérieuses, j'étais désarmé — puisqu'elles n'étaient pas faites d'une matière palpable.

Guywano leur avait confié la garde du tombeau de Chiléa, et elles prenaient visiblement leur mission au sérieux.

J'étais encerclé.

Les ombres avançaient lentement dans ma direction, le cercle se rétrécissait, et ma croix semblait paralysée.

Tout mon corps se mit à vibrer. J'avais l'impression qu'un courant électrique passait dans mes artères vidées de leur sang.

Pourtant, le frémissement n'atteignait pas mes membres ; tout se passait *à l'intérieur* de mon corps.

Pourquoi ma croix ne réagissait-elle pas ?

Je lui jetai des regards désespérés, comme on doit en lancer à une planche flottant à quelques brasses de soi quand on est seul au milieu de la mer. Les initiales semblaient se moquer de moi avec leur violente lumière verte.

M pour Michel, *G* pour Gabriel, *R* pour Raphaël et *U* pour Uriel.

Mais tous ces hauts protecteurs ne semblaient pas vouloir intervenir cette fois-ci. J'avais la gorge sèche. Je sentais encore mon corps, mais il avait changé ; il était devenu étonnamment léger, et lorsque je tentai de remuer, je fus incapable de faire le moindre pas.

Je restais comme enraciné sur la tombe.

Et j'entendais la voix.

Un mélange de cris et de plaintes, de grognements et de pleurs, qui traduisaient une souffrance atroce.

Je ne voulais pas rejoindre cette voix, retourner dans ce passé effrayant, vivre cette existence affreuse, et devenir à mon tour...

Les ombres étaient là !

Elles dansaient toujours sous mes yeux, accompagnées des lamentations de la voix souterraine. Elles allaient m'atteindre et...

Elles m'écrasèrent.

J'eus l'impression de mourir. Mon corps me parut changer de substance. Mon sang, mes veines, mes artères... J'eus l'impression de me dissoudre.

Je jetai un coup d'œil sur ma main droite, celle qui tenait la croix, et j'eus un spectacle horrifiant.

Ce n'était pas seulement une *impression* de dissolution, que j'avais. Les contours de mon corps commençaient déjà à s'estomper au niveau du poignet.

J'étais enchaîné à cette magie des druides, à leur héritage monstrueux.

Condamné à me désagréger...

Les vibrations à l'intérieur de mon corps en étaient sans doute les signes précurseurs.

A moins que... ?

Il me sembla que mon état s'améliorait lentement. Je regardai ma main droite et revis les contours nets du poignet. La lumière de ma croix s'était encore amplifiée, comme si elle émettait des forces antagonistes.

Sa matière aussi changea. Elle ne se ramollissait pas vraiment, mais j'avais l'impression de pouvoir la comprimer entre mes doigts.

Autour de moi, les ombres continuaient à danser — esprits du mal, substances amorphes qui voulaient s'emparer de moi, qui me frôlaient, reculaient, s'effilochaient, pour s'agglomérer de nouveau et préparer un nouvel assaut.

Complètement abandonné à mon sort, je restais là, debout sur cette tombe maudite, à écouter les gémissements qui ne cessaient de monter vers moi des entrailles de la terre.

Comme un appel.

Voulait-on que je réponde à cet appel ?

Oui !

Brusquement, je ne vis plus mes pieds.

Une force monstrueuse poussait mon corps — ou le tirait vers le bas.

Et je ne pouvais pas me défendre. Je ne pouvais pas résister à cette aspiration vers les profondeurs de la tombe !

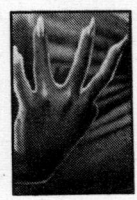

CHAPITRE 9

Le crépuscule tomba sur le pays, les ombres s'allongèrent, dévorant peu à peu la lumière du soleil comme si elles cherchaient à se faire de la place pour s'étendre jusqu'à l'infini.

Incapable de rester dans sa chambre, Pang Lim était allé faire un tour dans le village. Il avait essayé de parler aux gens, mais ceux-ci étaient plutôt taciturnes. La présence de l'équipe de Steel était maintenant connue de tous, et l'on racontait que des étrangers se préparaient à accomplir le sacrilège suprême.

Malgré toute sa force de persuasion, Pang Lim n'apprit rien de neuf au cours de ses investigations. Il entendait toujours la même chose : des avertissements, des mises en garde. Personne n'osait approcher de la chapelle.

« N'y allez pas, surtout ! »

Mais l'inspecteur était un homme consciencieux, et son devoir lui commandait d'assister à l'ouverture de la tombe.

Depuis le passage des frères Voring, deux hommes du village étaient allés remettre les choses en l'état à grand renfort de prières et d'encens. Peut-être avaient-ils aperçu le coffre, mais ils n'en soufflèrent mot.

Pang Lim regarda le ciel qui s'assombrissait et retraversa le village dont il appréciait le calme. En approchant de l'auberge, il aperçut la MG décapotable, et reconnut les cheveux noirs de la secrétaire d'Aaron Steel, assise au volant. Elle l'interpella alors qu'il avait déjà dépassé la voiture.

« Inspecteur... ? »

Le Chinois tourna la tête.

« Oui ?

— Je voudrais vous parler...

— Ici ?

— Oui. Montez un instant près de moi. »

Pang Lim ouvrit la portière. Ils étaient passablement serrés dans la cabine étroite de la MG, et il sentait monter contre lui la chaleur parfumée de la brune Iris.

« Que vouliez-vous me dire ? commença-t-il.

— Je voulais vous demander si nous avions une chance de survivre à cette aventure ?

— Je n'en sais rien encore ! répondit-il en éclatant de rire. Je ne suis pas prophète. »

Iris Askin opina de la tête.

« J'ai sans doute mal posé ma question. Quelles sont nos chances de survie ?

— Très maigres. La plupart des personnes impliquées dans cette histoire sont des ignorants. Vous comme les autres, mademoiselle Askin, je regrette de devoir vous le dire ! »

D'un geste nerveux, elle prit une cigarette et l'alluma.

« Je comprends, dit-elle enfin. *J'étais* ignorante, moi aussi. Mais j'ai changé...

— Tant mieux.

— Vous considérez cette entreprise comme une folie ?

— Oui et non. C'est mon travail. Mais votre patron, lui, ne songe qu'au trésor. Il n'est mû que par l'appât du gain. C'est là qu'est le danger. »

Elle haussa les épaules.

« Il faut le comprendre. Il a tout, il peut tout obtenir, il a besoin de nouvelles aventures pour se prouver qu'il est encore bon à quelque chose. C'est tout !

— Peut-être, mais ce n'est pas la bonne manière. Il ne manque pas d'occasions ou de possibilités de se prouver à soi-même qu'on est encore bon à quelque chose. Il devrait renoncer à ce projet insensé.

— Si je lui dis cela, il deviendra fou !

— Dans ce cas... Il y a autre chose ?

— Non... » Iris Askin sourit d'un air contraint. « Excusez-moi de m'être montrée légèrement, euh... disons arrogante à votre égard, mais j'avais l'impression que nous étions des jouets entre vos mains, et je ne prenais pas vraiment cette histoire au sérieux.

— J'ai l'habitude, répondit Pang Lim. Mais si je puis me permettre de vous donner un conseil, n'y allez pas !

— C'est impossible. M. Steel me renverrait !

— Vous auriez au moins l'assurance de rester en vie ! C'est un argument qui en vaut d'autres, à mon avis ! »

Iris Askin fixa Pang Lim d'un regard épouvanté.

« Vous avez raison, murmura-t-elle.

— Iris ! »

La voix résonna à travers toute la place. C'était celle d'Aaron Steel. Pang Lim sortit de la voiture.

« Je suis de votre côté », chuchota encore Iris.

Il approuva d'un signe de tête et s'éloigna en direction de l'auberge.

L'industriel était sur le seuil de la porte, protégé par ses gorilles qui s'étaient placés en demi-cercle derrière lui. Il était vraiment minuscule au milieu d'eux.

Pang Lim se dirigea vers lui, suivi à quelque distance par Iris Askin.

« Qu'est-ce que vous fabriquiez ? demanda Steel.

— Je bavardais avec votre secrétaire.

— De quoi parliez-vous ? »

Pang Lim sourit.

« Demandez-le-lui...

— Iris !

— J'ai simplement demandé à l'inspecteur si cela risquait de devenir dangereux, monsieur.

— Bien sûr que non, puisque nous sommes là ! Laissez votre voiture et venez avec moi.

— Très bien, monsieur, répondit-elle à contre-cœur.

— Vous connaissez le chemin ? demanda Steel à l'inspecteur.

— Oui, on me l'a expliqué.

— Bon, alors passez devant. »

Les hommes se répartirent dans les voitures. Après un coup d'œil suppliant à Pang Lim, Iris Askin s'engouffra dans la Rolls.

Les trois voitures quittèrent le parking de la petite place, avec à leur tête la Toyota de location de l'inspecteur.

Les nuages obscurcissaient le ciel, des nuages sombres et menaçants qui annonçaient un orage.

CHAPITRE 10

Je m'enfonçais !

Non, ce n'était pas une illusion, je ne voyais déjà plus la moitié inférieure de mes jambes, aspirées par la terre, comme si j'étais dans un marécage.

Or le sol était tout à fait normal en cet endroit, mais travaillé par la magie druidique.

Je n'arrivais toujours pas à bouger les jambes. J'étais enlisé. Prisonnier de cette tombe maudite.

Je levai les yeux vers le soleil en me demandant si ce n'était pas la dernière fois que je le voyais. Et il fallait encore que ce soit un soleil du plus lointain passé... !

La tombe avait réuni ses forces malfaisantes pour me détruire.

Je n'arrivais pas à comprendre que ma croix m'abandonne en un moment pareil.

Elle se contentait de lancer de temps en temps des éclairs dans la direction des ombres, afin de les tenir à distance.

Elles s'étaient immobilisées à quelques mètres de la tombe, comme pour mieux assister à ma mort lente.

Je continuais à m'enfoncer.

Il m'était déjà arrivé plusieurs fois de me trouver dans un cercueil ou sous l'eau. Mais sous terre ? Quelle sensation pouvait bien provoquer la présence d'un ver de terre dans la gorge, ou d'un insecte sur la langue...

Cette pensée me retourna l'estomac.

Ma main droite continuait à serrer la croix, comme on se cramponne à une bouée de sauvetage, mais elle ne pouvait plus me retenir à la surface du sol.

Je m'enfonçais de plus en plus.

Jusqu'à la poitrine, à présent.

J'avais étendu mes bras, qui reposaient sur le sol, pour garder le plus longtemps possible ma croix à l'abri de l'enlisement. Qu'elle reste à la fois comme le dernier témoignage de la magie blanche et de son impuissance.

L'odeur de la terre me montait déjà aux narines. Et la peur me faisait presque perdre la raison.

Les épaules, le cou... La terre était froide ; elle me prenait à la gorge.

Je ne pouvais plus bouger la tête, et pour voir le soleil il me fallut tourner les yeux vers le haut. Puis les ombres s'interposèrent entre lui et moi. Elles s'approchèrent de la tombe. Du moins, ma croix me protégerait-elle de leur assaut...

J'ouvris la bouche toute grande pour respirer, je toussai, je crachai, je râlai quand les premières herbes me chatouillèrent les lèvres ; l'odeur de la terre se fit plus âcre. Une odeur de mort, un mélange de pourriture, de décomposition et de cadavre...

Quelques centimètres encore.

J'eus l'impression que quelque chose m'emprisonnait les chevilles. Des mains, ou des serres — quelque chose me tirait.

Un dernier sursaut.

Je ne voyais plus rien, je ne pouvais plus respirer, seule ma main dépassait encore du sol.

J'étais plongé dans une obscurité totale, affreusement oppressé, et je ne sentais plus que la brise sur ma main encore libre, comme un dernier adieu.

CHAPITRE 11

Ce fut une étrange cavalcade d'autos qui s'enfonça dans l'inconnu. Pang Lim avait allumé ses phares dont les pinceaux de lumière dansaient sur le sol inégal.

Il roulait sur un chemin couvert de cailloux qui sautaient sous la pression des pneus et faisaient un bruit métallique en heurtant la carrosserie.

Les véhicules roulaient dans un paysage étrange, largement ouvert sur l'horizon. Le crépuscule et les dernières lueurs du soleil couchant éclairaient la scène d'une lumière blême, surnaturelle.

Le chemin se transforma en un sentier, sur lequel Pang Lim dansait d'un côté à l'autre au rythme des ornières creusées par des pneus de voitures. Le sentier montait légèrement. L'inspecteur savait que la chapelle se trouvait dans une combe, qui devait se creuser sur sa gauche. Il finit par distinguer le clocher tronqué qui paraissait sortir directement du sol.

Le sentier prit fin au sommet de la côte. A partir de là, il fallut couper à travers le pré. Il devenait de plus en plus difficile de conduire, la voiture renâclait. Cramponné des deux mains au volant, Pang Lim écarquillait les yeux pour ne pas perdre le clocher de vue.

Une pâle lumière éclairait la contrée, tandis qu'au ciel, les gros nuages noirs venus de l'ouest se rapprochaient inexorablement. La Toyota dévala la pente, et, arrivé en bas, Pang Lim braqua à gauche pour immobiliser ensuite la voiture. Il éteignit les phares et sortit dans l'obscurité.

Derrière lui, les deux autres voitures s'étaient arrêtées elles aussi, tous phares éteints.

Aaron Steel descendit de sa Rolls, tandis que son chauffeur lui tenait la portière. La tache lumineuse de son complet blanc faisait comme une cible dans la nuit.

Les hommes rejoignirent Pang Lim, suivis d'Iris Askin, qui avait du mal à marcher avec ses talons hauts.

« C'est donc ici ? demanda l'industriel.
— Oui. »
Steel tourna la tête vers ses hommes.
« C'est bien cela, Voring ? C'est ici que vous avez creusé ?
— Oui, monsieur.

— Approchez ! »

Voring se glissa entre Steel et l'inspecteur, non sans jeter à ce dernier un regard mauvais. Il n'était pas près d'oublier la manchette du Chinois.

Voring montra la combe du doigt.

« C'est là que le trésor est enterré ! »

Steel approuva d'un signe de tête. Puis il s'adressa à sa secrétaire, qui venait de le rejoindre.

« Vous restez près de moi, Iris. Quel que soit l'endroit où je me trouve. C'est compris ?

— Oui, monsieur.

— Allons voir l'emplacement, reprit l'industriel, à l'intention de Pang Lim, cette fois. Peut-être pourrais-je creuser, moi aussi, avec les autres... Histoire de varier les plaisirs, hein ?

— Si cela vous amuse, fit le Chinois, morose.

— Toujours de mauvaise humeur, inspecteur ?

— Non, monsieur Steel, je suis seulement prudent.

— Oui, il n'est pas facile de vous faire sortir de votre réserve... »

Les deux hommes, accompagnés d'Iris et de Voring, s'arrêtèrent sur le bord de la combe et regardèrent vers le bas, là où se dressait la chapelle.

Iris Askin se tenait tout près de Pang Lim, qui la sentait trembler. Un coup de vent violent souffla sur le petit groupe ; la robe de la jeune femme voltigea.

« Si vous regardez au centre de la combe, vous distinguerez la tombe... indiqua Voring.

— Je la vois, grogna Aaron Steel.

— Moi, ce qui m'intéresse, c'est le mur où sont apparues les ombres, déclara Pang Lim.

— Et les mains ! précisa Voring avec un large geste du bras. Elles formaient un cercle autour du tombeau, une sorte de rempart de protection.

— Ce sont bien les ombres qui ont tué votre compagnon ? demanda une nouvelle fois Pang Lim.

— Oui.

— Comment se fait-il que vous ne soyez pas intervenu et que vous n'ayez pas été attaqué, vous aussi ? murmura l'inspecteur, comme s'il se parlait à lui-même. Vous en avez une idée, Voring ?

— Non ! Et d'ailleurs, je n'aime pas beaucoup vos insinuations. A vous entendre, on croirait que vous me soupçonnez de faire cause commune avec les spectres !

— Je ne crois pas, non, mais avouez que c'est étrange ! Vous leur avez échappé. Pourquoi ?

— Parce que j'ai été plus rapide ! grinça l'homme.

— Voilà ! C'est exactement cela ! »

Voring, Steel et Iris contemplèrent Pang Lim d'un air étonné.

« Que voulez-vous dire ? demanda l'industriel.

— Attendez un peu. On n'est perdu que si l'on se trouve à l'intérieur du cercle formé par les mains. Dès que vous en sortez, vous n'êtes plus en danger. La magie reste concentrée sur l'intérieur du cercle. Et c'est volontaire, je suppose. Il s'agit seulement d'éviter qu'on ne s'approche trop près de la tombe et du trésor. En tout cas, c'est ainsi que je comprends l'avertissement.

— Il n'a peut-être pas tort, patron, approuva Voring.

— Est-ce à dire que je dois abandonner mes recherches ? demanda Steel d'une voix menaçante.

— Exactement.

— Vous vous êtes trahi, inspecteur ! Les mains ne sont pas assez nombreuses pour me faire rebrousser chemin. Je vais dire à mes hommes d'ouvrir cette tombe ! Je veux le coffre ! Ce n'est même pas pour moi que je le veux. J'exposerai ce trésor, les gens viendront l'admirer, et tous ceux qui le verront sauront qui l'a retrouvé, ce trésor ! Aaron Steel ! Moi ! »

Pang Lim savait qu'il ne réussirait pas à convaincre l'industriel. Pendant ce temps, les hommes avaient sorti les pelles et les pioches du coffre de la voiture. Appuyés sur leurs outils, ils attendaient un signe du patron.

« Vous avez peur, inspecteur ? » demanda Aaron Steel.

Dans son complet blanc, il ressemblait à un corbeau en fureur, prêt à jouer du bec. Tout le corps tendu, les yeux réduits à deux fentes, il semblait guetter l'adversaire.

« Vous connaissez mon opinion, monsieur Steel, répondit Pang Lim avec prudence. Je ne veux pas non plus vous retenir...

— J'espère bien ! Mais vous pouvez vous en aller, vous, si le cœur vous en dit.

— Non. Je reste.

— Où ?

— Je vais moi aussi au centre de la tombe. C'est clair ?

— Vous voulez aider les autres ?

— Pas à creuser, non. Mais peut-être autrement. »

Steel se mit en marche, suivi de Voring. Iris hésita un instant. Elle secoua la tête. Elle avait peur. Pang Lim la vit trembler de tout son corps.

« Qu'est-ce qui vous arrive ? demanda-t-il.

— Il ne sait pas ce qu'il fait ! C'est un vieil homme têtu comme une bourrique ! Vous voulez vraiment descendre jusqu'à la tombe, inspecteur ?

— Il faut que j'y aille, oui. C'est mon boulot.

— Mais vous avez dit qu'il y avait danger de mort...

— Vous avez peur pour moi ?

— J'ai peur, c'est tout. Pour tout le monde. Pour moi aussi. »

Soudain, l'industriel se tourna vers sa secrétaire.

« Iris ! gronda la voix impérieuse. Je ne vous ai pas dit de m'accompagner ?

— Qu'en pensez-vous ? murmura-t-elle à l'adresse du Chinois. Je dois y aller ?

— Il vous paie...

— Je crois que je vais chercher un autre travail », répondit-elle.

Et elle descendit à son tour. Pang Lim demeura encore un moment en haut, suivant le petit groupe du regard. Pour l'instant, c'était Voring qui avait pris les choses en main. Il racontait ce qui s'était passé, avec force gestes.

Puis, Pang Lim alla les rejoindre, après avoir glissé son fouet à démons dans sa ceinture. En cas de besoin, il l'aurait vite à la main. Il était convaincu que cette arme lui serait plus utile que son Beretta.

Les hommes avaient déjà commencé à creuser la terre, sans même faire usage des pioches. Le sol était encore mou.

Voring, lui, ne travaillait pas ; il laissait ce soin aux quatre hommes engagés par le patron.

Pang Lim se tenait légèrement à l'écart, tout comme Steel et Iris Askin.

L'industriel se taisait. Il fixait d'un air grave le trou naissant. Les hommes transpiraient déjà.

D'abord, il ne se passa rien. Pour l'inspecteur, c'était le fameux calme qui précède la tempête. Ce qui l'intéressait par-dessus tout, c'était la chapelle. Comme personne ne faisait attention à lui, Pang Lim s'éloigna à pas de loup ; il ne lui fallut que quelques secondes pour atteindre la chapelle. Il commença par examiner le mur sur lequel les ombres étaient apparues aux yeux des deux Voring.

Il ne voyait rien. Du bout des doigts, il palpa la pierre. Rien.

Derrière lui, il entendait les bruits provoqués par le travail des hommes. Aaron Steel les encourageait parfois de la voix.

Il fit le tour de la chapelle et atteignit l'entrée. Le portail avait disparu. Il entra, l'intérieur était sombre.

Détruite ou pas, une église ne laisse personne insensible. On ne peut s'empêcher d'éprouver un certain respect pour le Maître des Lieux. Pang Lim ne faisait pas exception à la règle.

Et pourtant, cette fois-ci, il n'éprouvait rien. Il manquait quelque chose. Ou bien l'esprit du Mal habitait ce lieu — ou bien aucun esprit du tout.

La chapelle était vide de tout meuble et de toute décoration, à l'exception de la pierre d'autel. Le vent sifflait à travers les fenêtres béantes, et soulevait la poussière qui tourbillonnait en heurtant les murs.

Il s'apprêtait à faire demi-tour pour rejoindre les autres, lorsqu'il entendit un cri.

Non pas un cri d'effroi, mais un cri de surprise, de joie, de triomphe. Un cri poussé par Aaron Steel.

Il avait dû apercevoir le coffre !

Pang Lim se précipita, et Steel lui fit signe d'approcher.

« Venez vite ! cria-t-il. Il n'y a rien à craindre. Vous voyez bien que j'avais raison ! Voilà le trésor ! Et pas l'ombre d'un spectre ! »

L'inspecteur s'abstint de tout commentaire — même lorsqu'il put contempler la caisse au fond du trou.

Les hommes se tenaient sur les bords de la fosse, légèrement en retrait, pour permettre à l'industriel de mieux s'approcher. Il avait les yeux fixés sur le couvercle de la caisse que les hommes avaient débarrassée de la terre et des cailloux accumulés par les siècles.

Il était difficile de lui donner un âge. Si elle dépassait le millénaire, comme le disait la légende, elle devait être faite d'un matériau extrêmement résistant, car le couvercle paraissait intact, ainsi que les parois latérales. Il y avait même une serrure — ce que Pang Lim ignorait.

« Alors, inspecteur, qu'en dites-vous ? Nous n'avons vu ni spectre, ni mains qui sortent de terre, et personne ne nous a attaqués. Je pense que nous avons réussi, malgré vos prophéties et les mises en garde de la population. Les gens voulaient garder leur trésor pour eux, voilà tout ! »

L'inspecteur soupira. Il savait, lui, que les choses n'en resteraient pas là.

« Vous voyez que je n'avais pas menti, monsieur, déclara Voring.

— Je ne l'ai jamais prétendu, Voring ! Peut-être que ces spectres ont eu peur de nous parce que nous sommes plus nombreux... »

Il fit signe à deux de ses hommes.

« Vous allez sauter dans le trou et ouvrir la caisse. Avez-vous les barres ?

— Oui, elles sont là.

— Parfait. Allez-y ! »

Pang Lim leur aurait bien dit de n'en rien faire, mais c'eût été peine perdue. Maintenant qu'il approchait du but qu'il s'était fixé, personne ne pouvait plus arrêter Steel.

Les deux hommes sautèrent dans le trou et examinèrent le coffre et sa fermeture. Puis ils hochèrent la tête.

« Qu'y a-t-il ? demanda l'industriel.

— Il va falloir le forcer, monsieur. On ne peut pas actionner la fermeture. Il faudrait des spécialistes.

— Allez-y ! » ordonna Aaron Steel.

Tous avaient les yeux fixés sur le coffre, sauf Pang Lim et Iris Askin. Le Chinois surveillait les alentours, et plus précisément les endroits où les mains étaient sorties de terre, selon le témoignage de Gerald Voring.

Quant à Iris, elle regardait le Chinois, les yeux écarquillés, blême sous son maquillage.

« Qu'y a-t-il ? demanda l'inspecteur.

— Rien. Non, vraiment rien. Je... »

Il y eut un grincement en provenance du trou. Au même moment, Iris Askin poussa un cri.

Pang Lim la vit s'agenouiller, le bras tendu vers l'avant, l'index pointé sur le sol.

Une fissure s'était produite dans la terre, d'où sortaient de la fumée et des doigts crochus qui essayaient de se frayer un passage vers l'extérieur.

Pang Lim jeta un coup d'œil sur le mur de la chapelle. Tout était bien comme avait dit Voring.

Des ombres verdâtres commençaient à se dessiner sur la pierre.

Les druides montaient à l'assaut. Ils avaient simplement attendu le meilleur moment...

CHAPITRE 12

Normalement, j'aurais dû étouffer. Je pouvais encore retenir mon souffle une minute, peut-être, puis j'ouvrirais la bouche par réflexe, et la terre, les insectes pénétreraient en moi et...

Mais il ne faisait plus aussi sombre !

Je ne me sentais plus aussi oppressé.

Je pouvais respirer librement.

Et j'aperçus une lueur verdâtre.

Mes pieds auraient dû heurter le couvercle du coffre... Mais non, je pénétrai à l'intérieur de la caisse et me retrouvai dans un espace où l'on gardait des bijoux et des perles brillantes que je pus toucher — mais toucher de manière illusoire, parce que mon corps n'existait plus, qu'il était devenu une apparition spectrale.

Mais ce que l'on a coutume d'appeler le cerveau — mon cerveau — travaillait encore. Il pouvait voir, sentir, et plutôt que de me poser des questions, j'acceptais les choses telles qu'elles se présentaient.

Je me trouvais à l'intérieur du coffre.

J'aperçus également Chiléa au milieu des bijoux.

Une lumière verdâtre nous entourait, qui me permit de distinguer certains détails. Les bijoux ne m'intéressaient pas ; en revanche, la reine des druides accapara toute mon attention. Je l'avais vue morte, et voilà qu'elle continuait à vivre.

Une morte vivante !

Elle était dans la caisse, recroquevillée, en position fœtale, la bouche ouverte ; la salive lui coulait sur le menton et sur les bijoux. Je vis encore ses yeux qui ressemblaient à deux billes, ce qui me mit en présence d'un nouveau tour de la magie druidique.

Guywano devait posséder une force incroyable qui agissait jusque dans la tombe. Il avait tué Chiléa, et elle avait réussi à braver sa puissance et était devenue un zombie.

Or, Guywano ne voulait pas d'une Chiléa zombie. Je ne voyais pas, mais je sentais la présence de sa force magique qui voulait m'anéantir, moi aussi ; mais elle se heurtait à un rempart, celui de ma croix.

Il n'y avait pas d'autre explication.

Chiléa, elle, n'avait aucune protection ; elle était entièrement livrée à la puissance de Guywano.

Un phénomène horrible se déroula devant mes yeux. Anéantissement ou mutilation ? La peau de

Chiléa se détacha de ses os. Telle une poupée de cire léchée par de hautes flammes. Cela commença par le visage. La peau se tendit, puis se craquela et s'enroula, libérant les os nus.

Des os verts.

Un squelette druidique !

Si je l'avais entendue prier et supplier lors de sa première « mort », cette fois-ci, aucun son ne sortit de ses lèvres.

La vengeance de Guywano s'accomplissait sous mes yeux : Chiléa se transforma en squelette.

Le temps n'existait plus pour moi. La puissance des druides et leur magie m'avaient saisi dans leurs serres et m'auraient sans doute anéanti, sans la protection de mon talisman.

Et je vis le squelette bouger ; la chair détachée de la peau avait coulé comme de la graisse au milieu des joyaux ; elle formait des plaques qui les collaient les uns aux autres.

Quand Chiléa remuait, j'entendais cliqueter les perles et il me semblait aussi percevoir des plaintes.

La taille du squelette diminua progressivement. C'est du moins ce que je crus d'abord, avant de me rendre compte qu'en réalité c'était moi qui m'éloignais.

Une force inconnue m'emportait loin de ce lieu maudit, dans un autre monde — peut-être aussi dans une autre époque. Puis une voix que je reconnus immédiatement se fit entendre. C'était celle de Guywano.

« Tu es encore en vie, John Sinclair, disait la voix. Tu as de la chance de porter sur toi une arme puissante, qui ne peut rien contre nous mais qui te protège, de sorte qu'il nous est difficile de te tuer.

J'aurais pu le faire, puisque tu as assisté à l'enterrement. Mais je me suis rappelé que tu m'avais défendu une fois. Tu t'en souviens ?

— Oui.

— Les druides n'oublient rien... Je fais partie des immortels... Bref, je t'ai ménagé aujourd'hui, en remerciement de l'aide que tu m'as apportée jadis. »

Je me demandais comment le grand prêtre pouvait à ce point se jouer du temps.

« Je t'ai sauvé jadis dans le temps présent. Mais nous nous trouvons maintenant dans le passé », lui dis-je.

Il éclata de rire.

« Tu n'obtiendras jamais la puissance, John Sinclair. Ceux qui se posent des questions sur le temps restent fermés aux pensées les plus élevées. Crois-tu que les maîtres d'Aibon se soucient du temps ? Pas le moins du monde. Mais les hommes, eux, concentrent leur attention sur les choses qui leur paraissent réelles. Ils n'ont jamais observé les signaux donnés par la nature et aimeraient connaître maintenant le fonctionnement de l'être et du non-être.

— Oh ! je sais tout cela ! m'entendis-je répondre. Pourquoi me le répéter ? Pour me prouver que je suis inférieur à toi ?

— En partie, oui. Mais aussi pour une autre raison.

— Laquelle ?

— Souviens-toi de notre première rencontre. J'avais alors le poignard qui appartient à ton ami indien.

— Oui, je sais.

— Tragique destin que celui de ton ami. Mais ce n'est pas de lui qu'il s'agit ici, c'est du poignard.

Tout ce que je t'ai raconté sur l'être et le non-être, sur l'existence et sur la vie, s'explique par les sept poignards... à condition de les posséder tous les sept et de savoir s'en servir. Tu comprends ?

— Oui. Moi aussi, j'en possède un...

— Un seul. Il t'en faut sept, John Sinclair. Sept, n'oublie pas ce chiffre. Tu ne les récupéreras pas tous, je me charge de t'en empêcher. Deux de ces poignards se trouvent en Aibon, ajouta Guywano en riant. Peut-être t'arrivera-t-il un jour de les découvrir, mais il te faudrait encore t'enfuir de ce pays. Or, aucun être humain ne doit sortir vivant d'Aibon ; c'est une de nos lois essentielles. »

Je le savais. Et j'avais peur d'Aibon.

« Pour l'instant, je ne suis pas en Aibon, répondis-je.

— C'est juste. Tu te trouves dans le passé du pays que les hommes appellent l'Ile Verte.

— Est-ce que je peux revenir à mon époque ?

— Tu t'en approches... Tu vas rester où tu es en ce moment... mais deux mille ans plus tard. Tu as vécu une légende, et tu vas maintenant en vivre la fin. Alors, tu admettras la toute-puissance d'Aibon.

— Ne t'attends pas à de la gratitude de ma part, répliquai-je. Après tout, tu n'avais pas besoin de m'enlever !

— Attends un peu que je t'explique, chasseur de spectres. Cet enlèvement avait pour but de te protéger. Nous voulions te garder loin de cette affaire, car elle t'aurait détruit.

— Vous n'auriez pas pu jouer franc jeu ?

— Oui et non. Nous, les druides, nous avons des adversaires, qui sont également tes ennemis. Nous sommes puissants, certes, mais pas tout-puissants. En outre, il ne manque pas de situations où un homme se débrouille mieux qu'un druide, parce que les choses se passent dans le monde normal et non pas dans d'autres temps et d'autres dimensions. Tu comprends ce que je veux dire ?

— Plus ou moins.

— Voilà pourquoi nous t'avons laissé la vie sauve, John Sinclair.

— Où vais-je réapparaître maintenant ? » demandai-je d'une voix rauque.

Cette question fit rire le druide.

« Un peu de patience, John Sinclair. Tu vas avoir une surprise. »

Autrement dit, il fallait que je me soumette encore un certain temps à la puissance de Guywano. Où étais-je au juste ?

Je n'avais pas quitté la mystérieuse tombe druidique, mais ses proportions avaient changé. Elle était petite et étroite ; le coffre aussi avait diminué. Et pourtant j'avais la sensation d'une étendue infinie.

C'est ainsi que la magie me permit de franchir les barrières du temps et de traverser à toute allure les dimensions.

Je volais, je planais, je nageais dans l'océan du temps. Enveloppé d'un infini que n'expliquaient pas les lois mathématiques.

Je me sentis soudain très à l'étroit et essayai de jouer des coudes ; j'entendais des voix, j'avais l'impression d'étouffer.

La panique s'empara de moi. J'avais la gorge serrée, l'estomac dur comme une pierre et je sentis des os entre les doigts de ma main gauche.

Des os ? Des ossements ?

L'air se raréfiait. Des odeurs de pourriture me soulevèrent le cœur ; j'entendis des voix d'hommes et un bruit infernal.

Et soudain, un cri de triomphe.

Ce cri, c'était de ma gorge qu'il sortait — car, soudain, je pouvais respirer librement.

Un peu de clarté pénétra dans ma prison. Effectivement, j'eus une surprise.

Et je ne fus pas le seul...

CHAPITRE 13

Tous avaient entendu le cri poussé par Iris Askin. Mais, pour le moment, seul le coffre les intéressait.

Pang Lim, lui, réagit aussitôt.

Avant qu'Iris ait pu faire le moindre mouvement, il se précipita sur elle et la serra contre lui. Elle tourna la tête vers lui, les yeux écarquillés d'horreur.

« Dites quelque chose !

— Je le savais ! déclara Pang Lim avec un sourire. Ils ne se laissent pas berner aussi facilement !

— Vous avez vu les mains, vous aussi ?

— Oui — et les ombres. »

Il la fit pivoter sur elle-même pour qu'elle puisse voir le mur de la chapelle où se découpaient les six ombres.

« Oh ! mon Dieu !

— Nous allons avoir du mal à nous en tirer sains et saufs, dit l'inspecteur. Voilà un adversaire de taille !

— Vous avez des armes ?

— Je ne pense pas qu'elles nous soient de grande utilité. Surtout, ne bougez pas. Je vais voir ce que je peux faire. C'est compris ?

— Oui », répondit Iris Askin en remuant la tête.

Pour l'instant, les ombres étaient encore collées au mur, et la tombe était toujours encerclée par les six paires de mains qui sortaient de terre, enveloppées d'une vapeur verdâtre. Les gardiens n'allaient pas tarder à apparaître pour accomplir leur mission.

Quelques pas seulement séparaient Pang Lim de la tombe béante. Pour le moment, la fosse était entourée d'êtres humains, l'équipe d'Aaron Steel, qui formait autour d'elle un véritable rempart vivant. Seule Iris se tenait un peu à l'écart.

L'inspecteur alla se placer à côté de Steel. Leurs regards se croisèrent. Les yeux de l'industriel brillaient d'un éclat voisin de la folie : il touchait au but...

Le couvercle du coffre n'était qu'entrouvert. Pang Lim aperçut des reflets verdâtres et des scintillements à l'intérieur.

Il était plein.

« Dépêchez-vous ! » ordonna Aaron Steel à ses hommes.

Quelques secondes encore, et l'industriel serait comblé. Des craquements se firent entendre, et le couvercle sauta enfin.

Aaron Steel poussa un gémissement.

Pang Lim eut du mal à retenir un cri de surprise. C'était un amoncellement de joyaux qui brillaient de mille feux verdâtres. Tout y était, l'or, les pierres précieuses, les perles.

Mais il y avait aussi autre chose.

Un squelette vert aux bras et aux jambes repliés. Et encore quelqu'un que le Chinois ne s'attendait sûrement pas à trouver là.

Son ami John Sinclair !

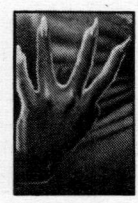

CHAPITRE 14

« John ! »

Je connaissais cette voix, qui me parut très lointaine.

Pang Lim ?

Était-ce un rêve ? J'essayai de tourner la tête, j'entendis cliqueter les bijoux, sans me rendre compte que j'étais enfermé dans le coffre en compagnie d'un squelette vert. Je n'avais d'yeux que pour ce qui se passait à l'extérieur du coffre.

Plusieurs hommes étaient là, penchés, et parmi eux, Pang Lim. Jamais encore je n'avais vu sur son visage une telle expression d'ahurissement. La bouche ouverte, les yeux exorbités, il n'y croyait pas encore.

« Salut, vieux ! Alors, comme ça, on se retrouve ?... » fis-je pour le rassurer.

Les autres se taisaient. Au comble de l'ahurissement, ils me regardaient m'étirer et sortir de la caisse.

Ils avaient l'air effrayés, ce que je comprenais fort bien, mais je n'avais pas le temps d'analyser leurs états d'âme, car je savais que nous n'étions pas au bout de nos peines.

Je tendis un bras vers Pang Lim, qui me serra aussitôt la main. Cette fois, j'étais rassuré, je ne rêvais pas. Je venais de reprendre pied dans le présent.

Pang Lim m'aida à sortir de la caisse et de la fosse. Le petit homme qui se tenait à côté de lui recula d'un pas ; il me regardait d'un œil hagard.

« Qui êtes-vous ?
— John Sinclair.
— Ce n'est pas possible...
— Voici M. Aaron Steel, déclara Pang Lim en guise de présentations. Je t'expliquerai tout cela plus tard. Pour l'instant, nous n'avons pas une minute à perdre.
— Que se passe-t-il ?
— C'est l'enfer, ici. Nous sommes prisonniers. Regarde autour de nous ! »

Les six druides qui avaient été inhumés vivants sous mes yeux sortaient de terre. Ils s'appuyaient sur leurs bras pour s'extraire des fissures, enveloppés d'une vapeur verdâtre. Ils n'étaient pas réduits à l'état de squelettes, eux ; une peau parcheminée recouvrait leurs os. Ils paraissaient très mobiles et très souples.

Les autres membres du groupe avaient enfin pris conscience du danger. Ils sortirent d'énormes revolvers, tandis qu'une femme brune se rapprochait de Pang Lim et de moi.

« Il faut la surveiller, elle », me souffla mon ami.

Un silence total régnait sur ce lieu ; tout le monde était aux aguets.

Jusqu'à ce que Steel découvrît les morts vivants... Il poussa alors un cri de bête fauve.

« Ce n'est pas possible ! hurla-t-il, la main à la gorge comme s'il étouffait.

— Et là-bas, il y a aussi les ombres », renchérit Pang Lim en saisissant son fouet à démons.

Il traça un cercle sur le sol et laissa pendre trois lanières dans le trou.

Il était prêt à combattre.

Je serrai ma croix dans ma main droite. Et mon Beretta ? Des balles d'argent contre la magie des druides ?

Je tournai la tête. Rien n'avait encore commencé, mais ça n'allait plus tarder.

Sans doute les êtres immatériels qui nous entouraient agissaient-ils avec cette lenteur calculée pour ajouter encore à notre effroi.

Aaron Steel perdit tout son sang-froid. Il ouvrit la bouche et hurla à l'adresse de ses hommes :

« Qu'est-ce que vous attendez pour tirer ? Supprimez ces monstres maudits ! »

Aussitôt le silence fut troué par les coups secs des lourds revolvers. Les balles atteignirent leur but.

Les six druides étaient maintenant sortis de terre ; chacun d'eux avait reçu plusieurs balles mortelles et ils se couchèrent sur le dos.

Aaron Steel poussa un hurlement de triomphe.

Prématuré. Car, à la seconde suivante, les six apparitions s'étaient redressées comme des marionnettes. Les balles n'avaient même pas réussi à leur pulvériser les os.

« Que se passe-t-il ? bredouilla Steel, paralysé d'horreur.

— C'est la magie ! expliqua Pang Lim avec un sourire. La magie druidique, tout simplement, mon cher ! »

L'industriel gémit comme un grand malade. Puis il donna à son peloton d'exécution improvisé l'ordre de tirer à nouveau. Et de nouveau, les six marionnettes tombèrent sur le dos et se relevèrent aussitôt.

« Ce n'est pas possible ! répéta Steel en haletant. Que faire ? »

La question se posait, en effet. Je jetai un coup d'œil sur la chapelle.

« A l'intérieur ! m'écriai-je. Venez tous ! »

Pang Lim approuva. Il partit le premier en courant et saisit au passage la femme brune, paralysée par la peur.

Les ombres étaient toujours sur le mur ; jusque-là, elles avaient laissé tout le travail aux six druides qui se rapprochaient de nous, prêts à nous anéantir.

A l'intérieur du coffre aussi, il se passait quelque chose. Je m'en aperçus en tournant la tête, pendant que je courais vers la chapelle.

Chiléa sortait de son tombeau.

Je ne voyais encore que ses mains osseuses agrippées au bord de la fosse, puis quelques secondes plus tard, la tête apparut — un crâne d'où émanait une lueur verte. Elle paraissait éclairée de l'intérieur, car je vis briller ses orbites vides.

La reine des druides n'avait pas encore capitulé, au bout de deux mille ans !

Deux mille ans ?

Il me semblait que tout cela remontait à quelques instants seulement. Il est vrai que j'avais fait un bond de géant dans le temps, grâce à la magie druidique.

Je sursautai en entendant tirer des coups de feu.

« Venez donc à la fin ! »

Steel cria. Sa voix me parut faible bien qu'il ait crié de toutes ses forces. Il devait être loin de moi.

En fait, Pang Lim, Steel, la femme et les autres hommes avaient déjà atteint la chapelle. Ils attendaient devant l'entrée.

Il n'y avait pas encore eu de victimes jusqu'alors.

Les six morts vivants s'étaient tournés eux aussi vers la chapelle ; ils me coupèrent le chemin.

« Tu viens, John ? cria Pang Lim.

— Non. Je m'occupe du squelette. Toi, occupe-toi des autres !

— D'accord ! »

Nous savions que nous pouvions compter l'un sur l'autre. Et nous étions si bien rodés qu'il ne pouvait pas y avoir de problèmes.

Chiléa sortait du tombeau.

Le squelette se déplaçait avec lenteur. Il lui fallut un certain temps pour grimper sur le bord de la fosse, à laquelle elle tourna tout de suite le dos.

J'allai à sa rencontre, le bras droit tendu. Je voyais la lueur de la croix à travers mon poing serré. Elle réagissait à la magie de la reine des druides. Je m'approchai.

Le squelette me regarda. Arriverai-je cette fois à la détruire à tout jamais ?

Je lui adressai la parole.

« Je viens d'assister à ta mise au tombeau, sous les auspices de Guywano. Je parle cette fois en son nom aussi, car je veux que tu restes dans la terre humide, et non pas que tu parcoures le pays en zombie assoiffé de vengeance. C'est pourquoi je vais te détruire, Chiléa ! »

Et je m'approchai d'elle. Elle fixait ma croix de ses orbites vides. Puis elle tourna sur elle-même, le bras tendu, et décrivit un cercle. Il s'agissait d'un ordre destiné aux six serviteurs, et ils obéirent aussitôt.

Ils s'apprêtaient eux aussi à pénétrer dans la chapelle, mais ils se retournèrent soudain vers moi. Le cercle se rétrécit. Si je voulais leur échapper, il fallait que je me jette sur eux.

Mais le risque était trop grand.

En revanche, il me restait une chance de neutraliser Chiléa.

En quelques pas, je me trouvai auprès du squelette que je frappai de ma croix.

J'eus alors l'impression d'avoir heurté une paroi de caoutchouc. Au même moment, je sentis le contact des mains osseuses qui s'agrippaient à mes épaules, et qui cherchaient à m'entraîner.

Impossible de me dégager. Même la croix ne parvenait pas à desserrer l'étreinte de ce personnage de cauchemar, que je frappais pourtant de toutes mes forces sur le crâne.

Nous nous trouvions à présent tout au bord de la tombe, et c'était précisément ce que voulait Chiléa.

Je basculai avec elle dans la fosse.

Mais pas dans la terre. J'entendis un cliquetis de bijoux, de perles et de chaînes. Nous étions tombés tous deux dans le coffre.

Le squelette était couché sous moi. Les ongles crochus pénétraient dans ma chair à travers l'étoffe mince de mon veston, comme des couteaux mal taillés.

Une douleur fulgurante me traversa le corps, et mon adversaire redoubla d'efforts pour me retourner. Aussitôt, je compris son dessein : essayer de me placer sur le ventre pour mettre mon visage en contact avec les bijoux.

Je frappai de toutes mes forces avec ma croix. J'entendis un bruit sourd et quelque chose qui se cassait. L'os était ouvert.

Je recommençai.

Mais les six gardiens arrivaient au secours de leur reine.

Je les avais oubliés ceux-là !

Chiléa me lâcha. J'étais cerné.

C'est à ce moment-là qu'un cri terrible jaillit de la chapelle. Que se passait-il ?

Pang Lim avait attendu que tout son monde fût dans la chapelle, avant d'y entrer lui-même.

Les cinq hommes de l'industriel n'avaient pas lâché leurs armes. Ils semblaient pétrifiés de peur. L'inspecteur les rejoignit à pas lents.

Aaron Steel s'avança vers lui.

« Alors, inspecteur, demanda-t-il, vous n'avez rien trouvé de mieux que de nous faire attendre ces personnages ici ?

— Non.

— Et pourquoi serait-ce une meilleure solution que de rester dehors ? reprit l'industriel avec un rire sans joie.

— Parce qu'ici, nous restons groupés. Si nous nous étions enfuis, ils nous auraient liquidés un par un.

— L'inspecteur a raison, approuva Iris Askin.

— Vous, vous n'avez pas la parole ! gronda Steel. Qui est-ce qui vous paie, lui ou moi ? »

La jeune femme pâlit et serra les lèvres.

« Si vous ne vous maîtrisez pas, Steel, vous allez nous causer des difficultés à tous », déclara sèchement Pang Lim.

Le petit homme regarda le Chinois comme s'il allait le dévorer vivant. Puis, il finit par acquiescer de la tête.

« Faites comme bon vous semble !

— Les voilà ! » cria Voring.

Ce n'étaient plus les morts vivants, cette fois, mais les ombres qui approchaient de la chapelle, en planant au-dessus du sol.

Voring recula. Il était le seul à avoir vu les ombres à l'œuvre et il ne pensait plus qu'à fuir. Impossible de foncer vers l'entrée, le chemin était déjà coupé ; et les fenêtres étaient trop petites. Il ne lui resta plus qu'à aller se cacher dans le coin le plus reculé de la chapelle.

Pang Lim saisit son fouet, sans savoir s'il lui serait de quelque utilité contre ces êtres immatériels. Rien ne l'empêchait d'essayer. Il courut vers l'ombre la plus proche, et frappa dès qu'il se trouva à la distance voulue.

Les lanières se détendirent, et atteignirent leur but. Des rayures claires striaient la masse vert foncé.

L'ombre parut perdre l'équilibre et finit par se disloquer comme une vieille étoffe.

Une de moins !

« Comment avez-vous fait ? » demanda Aaron Steel, le souffle court.

Puis il y eut un cri strident, affreux.

Un des hommes de Steel venait d'être enveloppé par une ombre.

« Exactement comme Jack ! » hurla Gerald Voring.

Pang Lim courut vers l'homme et fit claquer son fouet. L'ombre se disloqua et l'homme demeura debout sur place, immobile comme une statue avant de tomber à la renverse.

Iris Askin faillit le recevoir dans ses bras, mais il lui échappa. Avant de tomber, l'homme se scinda en deux, sous les yeux horrifiés de la jeune femme ; les deux parties se séparèrent et allèrent rouler sur le sol, où elles formèrent deux petits tas de poussière.

« Restez tous ensemble ! » hurla Pang Lim.

S'ils formaient un groupe compact, les ombres ne pourraient plus isoler leur victime.

Tous lui obéirent. Même Voring. Mais comme il avait eu la malencontreuse idée de se réfugier dans un coin éloigné de la chapelle, il lui fallut refaire tout le chemin en sens inverse.

L'ombre fut sur lui avant qu'il ait eu le temps de rejoindre les autres.

Pang Lim non plus n'avait pas eu le temps de réagir. Voring s'enflamma de l'intérieur, puis son corps s'effondra et se transforma lui aussi en un petit tas de poussière.

Le fouet de Pang Lim anéantit l'ombre au moment où elle se retirait.

Il en restait encore trois !

L'inspecteur avait poussé son petit groupe vers le mur de la chapelle. Ils se tenaient serrés les uns contre les autres, dos au mur, terrifiés, y compris Aaron Steel qui, dans son désir furieux de s'approprier le trésor, n'avait écouté aucun conseil.

Le chemin de la sortie était toujours barré par une ombre menaçante. L'un des gardes du corps de l'industriel fit un bond en avant et tira sur elle, ce qui n'eut aucun effet.

Pang Lim eut plus de succès. Son fouet claqua une nouvelle fois et atteignit le spectre du druide qui fut aussitôt pulvérisé par la force magique des lanières.

Il n'en restait plus que deux à présent. Et la sortie était libre !

Iris Askin ne laissa pas passer l'occasion. Elle entraîna l'industriel à sa suite, et ils furent les premiers à sortir de la chapelle.

Les gardes du corps suivirent aussitôt. Pang Lim voulait en finir avec les deux ombres. Il ne quitta la chapelle qu'après les avoir détruites l'une après l'autre.

CHAPITRE 15

Ce qui n'avait pas pu se réaliser dans le passé semblait devoir se produire dans le présent.

J'allais mourir.

Le squelette n'était plus seul à me retenir désormais ; il avait reçu l'aide des dangereux gardiens du tombeau.

Heureusement pour moi, les coups portés avec la croix avaient réussi à affaiblir les morts vivants. Je m'arrachai à l'étreinte mortelle de Chiléa et me jetai, le bras en avant, sur l'un d'eux.

Mais un poing vert m'atteignit au menton. J'en perdis la vue et l'équilibre pendant quelques secondes. En me redressant, j'eus la surprise de voir le mort vivant se désintégrer sous mes yeux.

J'avais voulu le saisir, mais ne rencontrai que le vide, et déjà il était devenu lui aussi un petit tas de poussière.

Je fis demi-tour. Un autre était également en train de se désagréger de l'intérieur.

Je n'y comprenais rien.

Chiléa poussa un cri. Le squelette vert se précipita dans le coffre. Il fouilla parmi les bijoux, les souleva et les laissa retomber en pluie, pendant qu'un troisième mort vivant se transformait en poussière. Chiléa aussi s'affaiblissait. Elle donnait l'impression de ne plus pouvoir se redresser. Elle essaya de sortir du coffre, et au moment où son quatrième gardien subissait le même sort que ses compagnons, Chiléa aussi se désintégra.

Je m'étais approché du coffre et appuyé sur le bord de la fosse. Je ne pus que secouer la tête et ouvrir la bouche d'étonnement.

Les deux derniers gardiens s'affaiblissaient à leur tour. Ils voulurent se jeter sur moi, mais ils n'en avaient plus la force. Une seconde plus tard, ils formaient eux aussi deux petits tas de poussière verte sur le sol.

Je jetai un coup d'œil sur ma croix.

Elle émettait encore une lueur verdâtre qui allait s'amenuisant de seconde en seconde, et finit par s'éteindre.

En revanche, je perçus d'autres bruits — des gémissements affreux.

C'était Chiléa qui criait. Couchée au milieu de ses bijoux, elle ne formait plus avec eux qu'une masse brune répugnante, qui emplissait le fond du coffre.

De cette masse, le crâne verdâtre surnagea encore quelques instants avant de se décomposer à son tour.

Je poussai un soupir de soulagement.

Chiléa n'avait pas réussi à revenir parmi les vivants.

Epuisé, je sortis de la fosse.

Nous avions beaucoup de choses à nous raconter.

Pang Lim et moi parlions à tour de rôle, et tous écoutaient. Sauf Aaron Steel.

Penché sur le tombeau, il regardait le coffre en hochant désespérément la tête. Il semblait se parler à lui-même, mais nous ne comprenions pas ce qu'il disait.

Iris Askin était persuadée qu'il sombrait dans la folie. Il avait trop rêvé de ce trésor.

« Vous allez continuer à travailler avec lui ? demanda Pang Lim.

— Non. Plus maintenant. »

Quant à moi, j'avais d'autres soucis. Deux hommes étaient morts. Et puis il fallait faire savoir aux gens du village qu'ils n'avaient plus rien à craindre.

Mais pas aujourd'hui ! On verrait cela demain !

Et j'étais heureux de pouvoir encore prononcer ce mot magique : *demain*. Et de pouvoir espérer un avenir normal.

SPECTRES

Enfin des livres où les pages claquent des dents.

La série SPECTRES : une série pour les amateurs de sueurs froides et d'émotions violentes, une série qui fait découvrir les phénomènes du surnaturel : prémonitions, télépathie, hypnose, magnétisme.

220 MENACES   Amanda BYRON

Loïs fut parcourue d'un frisson de terreur en apercevant au bas de la page ces quelques mots dactylographiés :
« Je te hais. Prends garde ! »
Une force invisible s'était de nouveau emparée de son esprit et de ses doigts pour la forcer à taper inconsciemment des mots lourds de menace.
Loïs avait l'impression de devenir folle. Il lui fallait absolument découvrir le sens caché de ces horribles messages envoyés par un être surgi non pas du passé mais... du futur.

222 FLOTS MAUDITS   Joseph TRAINOR

Julie explorait avec soin le fond du lac à la recherche de la mystérieuse épave engloutie. Soudain, elle sentit quelque chose se refermer autour de sa cheville. Une main ! De longs doigts glacés l'empêchaient de remonter à la surface...
Depuis quelque temps, Julie avait parfois l'impression de revivre l'existence d'une jeune fille morte tragiquement un siècle plus tôt.
Elle comprit à cet instant que le même sort horrible l'attendait !

223 L'AMULETTE ENSORCELÉE Bruce COVILLE

Terrorisée, Marylin recula devant l'horrible monstre qui approchait du lit. Il se déplaçait à la manière d'un grand singe et ses pieds griffus crissaient sur le parquet.
« Donnez-moi l'amulette! » grogna-t-il.
Marylin savait que ce pendentif recélait d'étranges pouvoirs. Mais comment imaginer qu'il retenait prisonnier un démon depuis des siècles?
Désormais, elle seule pouvait le libérer. A ses risques et périls...

205 ROSES ROUGE SANG S. ARMSTRONG

Kate se réveilla en sursaut au milieu de la nuit. C'était la seconde fois qu'un horrible cauchemar la terrifiait à ce point.
« Que m'arrive-t-il? se demanda-t-elle effrayée. J'ai l'impression de ne plus être moi-même. »
Kate ne croyait pas si bien dire. Depuis le jour où elle avait fait l'acquisition de ce vieux miroir, elle vivait, sans le savoir, sous l'emprise d'une créature démoniaque qui prenait peu à peu possession de son âme.

208 SORTILÈGES VAUDOU Jay CALLAHAN

Soudain, le couvercle du caveau bascula en grinçant. Danielle aperçut confusément une masse de longs cheveux gris et un visage à moitié décomposé. L'horrible créature se redressa tout à coup.
La jeune fille poussa un hurlement et courut vers la sortie du mausolée. Elle trébucha sur le seuil et s'effondra dans l'herbe humide. Elle devina dans son dos le zombi qui approchait.

JOHN SINCLAIR
chasseur de SPECTRES

224 LA BARQUE DES MORTS — Jason DARK

Je sentis soudain une présence dans la pénombre du musée, comme si les statues des dieux s'animaient d'une vie lugubre.
Je déplaçai lentement le faisceau de ma lampe, et tout à coup mon geste se figea.
Ferguson gisait sur le sol!
Cet homme était le seul qui pouvait m'aider à percer le mystère. Malheureusement, il ne parlerait plus jamais.
Il ne me restait qu'à reprendre cette étrange affaire de fantôme depuis le début...

225 LES PILLEURS DE TOMBES — Jason DARK

Linc Lancaster s'aperçut alors de ma présence.
« Vous êtes l'inspecteur-chef John Sinclair? Le fameux chasseur de spectres? demanda-t-il aussitôt.
— Lui-même, répondis-je.
— Vous avez bien fait de venir. »
Jusque-là, Lancaster n'avait jamais cru aux esprits ni aux autres phénomènes surnaturels. Mais cette nuit-là, il changea radicalement d'avis.

Chaque livre de la collection Maître du Jeu est une aventure indépendante qui peut être lue séparément. Un crayon, une gomme, et vous voilà armés pour vous plonger au cœur de l'action...

La Saga du Prêtre Jean

Une épopée chevaleresque où vous devrez partir à l'aventure, et voyager à travers l'espace et le temps. Il vous faudra affronter des menaces fantastiques avant d'atteindre votre but : la fabuleuse cité perdue de Shangri-La !

500 Volume 1 : LA FORTERESSE D'ALAMUTH
Laissant les Croisés rentrer en Angleterre, vous vous lancez dans votre quête. Votre seul point de départ : le Vieux de la Montagne, chef de la terrifiante secte des Assassins, détiendrait le secret de Shangri-La. Encore vous faut-il arriver jusqu'à lui, car son sanctuaire recèle des périls monstrueux qui vous coûteront peut-être la vie...

501 Volume 2 : L'ŒIL DU SPHINX
Transporté au cœur de l'Egypte ancienne, vous devez retrouver le grand prêtre d'Osiris qui connaît le chemin de Shangri-La. Mais des forces maléfiques tentent de vous barrer la route, lançant sur

vous des créatures de cauchemar. De tombeaux maudits en pyramides mystérieuses, réussirez-vous à accomplir votre mission sans succomber à leurs assauts ?...

502 Volume 3 : LES MINES DU ROI SALOMON

Après avoir échappé aux périls de l'Égypte et traversé les siècles, il va falloir à notre héros un courage exceptionnel. L'homme qui détient la piste de Shangri-La a été emprisonné au fond des mines gigantesques du grand Salomon ! Pour le retrouver, le Prêtre Jean devra affronter les périls de la jungle africaine ; puis, en mission pour le monarque, il aura à combattre une mystérieuse créature qui sème la terreur dans les mines : la Mort Blanche ! À ce prix seul il pourra continuer sa quête...

503 Volume 4 : LES MYSTÈRES DE BABYLONE

Transporté par magie sur plusieurs centaines d'années, le Prêtre Jean s'éveille à Babylone, cité des merveilles du monde antique, repaire des sorciers et des démons. Son seul atout : le nom d'un sage qui aurait visité Shangri-La. À travers le dédale infernal des quartiers dangereux de Babylone, notre héros devra se garder de toutes les embûches, défier coupe-jarrets et maléfices, faire preuve d'astuce et de bravoure. Peut-être alors accédera-t-il au secret de la bibliothèque cachée au sommet de la Tour de Babel...

IMPRIMÉ EN FRANCE PAR BRODARD ET TAUPIN
58, rue Jean Bleuzen - Vanves - Usine de La Flèche, 72200
Loi n° 49-956 du 16 juillet 1949 sur les publications destinées à la jeunesse.
Dépôt : novembre 1986.